줄리어스 씨저

나남
nanam

이 성 일

1943년 생.
연세대학교 명예교수.
한국시 영역집으로 *The Wind and the Waves: Four Modern Korean Poets*, *The Moonlit Pond: Korean Classical Poems in Chinese*, *The Brush and the Sword: Korean Classical Poems in Prose*, *Blue Stallion: Poems of Yu Chi-whan* 등이 있고, 고대영시 현대영어역인 *Beowulf and Four Related Old English Poems: A Verse Translation with Explanatory Notes*를 펴내었다.

나남 셰익스피어 선집 ❷
줄리어스 씨저

2011년 8월 5일 발행
2011년 8월 5일 1쇄

지은이_ 윌리엄 셰익스피어
옮긴이_ 李誠一
발행자_ 趙相浩
발행처_ (주) 나남
주소_ 413-756 경기도 파주시 교하읍
출판도시 518-4
전화_ (031) 955-4600 (代)
FAX_ (031) 955-4555
등록_ 제 1-71호(1979. 5. 12)
홈페이지_ www.nanam.net
전자우편_ post@nanam.net

ISBN 978-89-300-1902-6
ISBN 978-89-300-1900-2 (세트)
책값은 뒤표지에 있습니다.

나남 셰익스피어 선집 2

줄리어스 씨저

윌리엄 셰익스피어 지음 | 이성일 옮김

나남
nanam

Julius Caesar

by

William Shakespeare

nanam

셰익스피어의 작품 번역에 임하며

가끔 셰익스피어의 작품들을 우리말로 무대에 올리곤 한다. 공연이 있을 때마다 내가 의아하게 생각하는 점이 하나 있었다. 그것은 공연을 홍보하는 리플릿이나 프로그램에 번역자의 이름이 나타나는 경우가 거의 없다는 사실이다. 누구의 번역을 가지고 공연에 임하는지 확실히 밝히지 않는 처사를 보고, 처음에는 나름대로 공연의 윤리적 측면에 대해 의구심을 가졌다. 그러나 나는 곧 그 이유를 알게 되었다. 한 편의 연극을 무대에 올리고자 하는 연출자는 극의 대사가 얼마나 무대 위에서 극적 효과를 살려낼 수 있으며, 또 과연 배우들이 정해진 극 진행 속도에 맞추어 대사를 효과적으로 전달할 수 있느냐를 고려하지 않을 수 없다. 번역되어 이미 활자화된 텍스트를 읽으며, 연출자들은 그네들이 목표로 하는 무대 공연의 효과를 위해 어쩔 수 없이 텍스트를 손질하여 공연에 임하게 되므로, 실상 번역자가 누구라고 밝히는 것 자체가 어려운 일이 되고 만다.

이는 무엇을 의미하는가? 연극에 있어서 공연대본 제공자(번역극에서는 번역자)와 연출자 사이의 관계를 생각할 때, 작곡자와 연주자 사이의 관계를 대입하여 보면, 문제는 쉽게 정리된다. 악보대로 연주할 책임이 부과된 연주자가 악보의 여기저기를 바꾸어가며 곡을 들려줄 때, 그것을 바람직한 연주라고 할 수 있을까? 아무리 연출자의 의도가 중요한 것이라 해도, 주어진 작품의 변형을 시도하는 것은 바람직하지 않다. 극문학의 생명은 무대 위에 선 배우들이 들려주는 대사인데, 그것이 연출자의 생각대로 변형, 축소, 압축, 또는 개조된다면, 그 공연은 이미 셰익스피어의 작품 공연이 아니다. 한 작품의 줄거리만을 살려 무대 위에 형상화했을 때, 그것을 셰익스피어의 작품 공연이라고 부를 수는 없다. 셰익스피어는 많은 경우에 이미 잘 알려져 있는 이야기를 소재로 하여 작품을 썼기 때문에, 같은 '스토리'가 무대 위에서 전개된다고 해서 그것을 셰익스피어의 작품 공연이라고 부를 수는 없다. 셰익스피어 극문학의 본질은 그가 써 놓은 행들에서 그 에쎈스를 찾아야 한다. 가장 이상적인 공연은 셰익스피어가 쓴 원전 텍스트를 그대로 무대 위에 재현하는 것임에 틀림없다. 따라서 번역된 텍스트가 셰익스피어가 써 놓은 영문 텍스트를 반향하는 것이 아닐 경우, 우리는 그 공연을 셰익스피어의 작품 공연이라고 불러서는 안 된다.

셰익스피어의 극작품들은 무대 공연을 위한 대본을 제공하려는 그의 노력이 낳은 결과물이라는 사실을 우리는 결코 잊어서는 안 된다. 셰익스피어의 작품들이, 몇 군데 특수효과를 위해 산문으로 쓴 부분들을 제외하고는, 거의 다 'blank verse'〔약강오보격무운시(弱强五步格無韻詩)〕의 형태로 쓰인 데에는 이유가 있다. 영어에서 가장 자연스러운 무대발화(舞臺發話)는 — 시의 경우와 마찬가지로 — 약강오보격이다. 그리고 작가가 특별한 의도를 가지고 시도하지 않는 한, 각운(脚韻)은 자연스런 일상 대화에서는 쉽게 나타나는 현상이 아니다. 무대에서 가장 자연스럽게 들리고 또 배우들이 편안한 호흡으로 대사를 들려주는 데에는 'blank verse' 처럼 좋은 것이 또 없다. 셰익스피어가 인위적으로 만들어낸 시형(詩形)이 아니라 자연스레 나타난 대사 발화의 형태가 'blank verse'인 것이다. 그렇다면, 번역에서도 원작이 갖는 말의 음악이 되울림하여 들려야 할 것이다. 작품에 담겨 있는 철학적 내용이나 작품 형성의 테크닉과 같은 문제를 떠나, 우선 셰익스피어 문학의 탁월성은 그가 들려주는 '말의 음악'에서 찾아야 할 것이다.

셰익스피어의 작품 번역에서 가장 중요한 것은 두 가지 요소이다. 원작자가 시도한 것이 청중이 쉽게 따라갈 수 있는 평이한 일상적인 대화에 가까운 대사를 제공하려는 것이었으므로, 번역문도 무대에서 배우들이 편안한 호흡으로 들려주고 청중들이 쉽게 따라갈 수 있는 대사여야 한다는 것이 그 하나이다. 또 하나는 셰익스피어가 쓴 시행들을 반향하는 번역 ― 우리말로 치환된 셰익스피어의 시행들 ― 을 만들어내야 한다는 것이다. 셰익스피어의 'blank verse'를 우리말로 전환하는 것이 아예 불가능한 일이라고 생각하고 산문으로 번역한 분들도 있었다. 산문 번역이 반드시 나쁜 것은 아니지만, 종래의 산문 번역에서 감지되는 것은 원문의 의미를 설명하는 '뜻풀이'의 성격을 띤 번역으로 나타난 경우가 더러 있었기 때문에, 무대 공연에 있어 필수적으로 요구되는 극적 긴장감과 대사의 간결함을 결한 경우가 없지 않았다는 사실이다.

나의 번역은 산문 번역도 아니고 운문 번역도 아니다. 다만, 나는 셰익스피어의 시행들을 그 리듬에 있어 근접하는 행들로 번역하였다. 우리말에서 각운은 있지도 않거니와 필요치도 않다. 어찌 보면 우리말은 오히려 두운(頭韻)을 지향하는 속성을 지닌다. 그러나, 그렇다고 해서 두운이란 것이 의도적으로 시도한다고 해서 나오는 것도 아니다. 우리말이 갖는 속성을 따라 자연스럽게 두운이 나타나는 것은 조금도 이상할 것이 없다. 문제는 약강오보격으로 진행되는 'decasyllabic'(10음절의) 행을 어떻게 평이한 우리말로 옮기느냐이다. 그런데 이 문제도 어떤 의도적 노력을 필요로 하는 사안이 아니라는 사실을 번역하는 중에 깨닫게 되었다. 원작의 시행이 갖는 리듬을 우리말에서 살려내되, 행이 너무 길어지지 않도록 하고, 리듬 면에서 상응하면 되는 것이다. 번역에 있어 번역자가 행들을 '만들어낸다'고 생각하면 안 된다는 것이 나의 소신이다. 행을 만들어내는 주체는 번역자가 아니라, 원작의 시행들이다. 원작의 시행들을 읽을 때 번역자로 하여금 그에 상응하는 우리말 행들을 적어나가도록 만들어 주는 것은, 번역자의 의식이 아니라 원전이 갖는 말의 마력인 것이다.

나는 셰익스피어 번역에 임하면서 원작의 시행 전개를 그대로 내 번역에 투영시키고 싶었다. 그런 연유로 셰익스피어가 썼던 그대로의 시행 전개를 번역에서도 시도하였다. 이를테면, 원작에서 행이 바뀌면 나의 번역에서도 행이 바뀐다. 물론, 말의 구조와 문법체계가 다르기 때문에 다소간의 변형은 불가피한 일이다. 나타난 결과는 원작에서 한 장면이 갖는 행수와 내 번역에서의 행수가 거의 일치한다는 것이다. 다시금 강조하거니와, 셰익스피어가 작품 활동을 한 유일한 목적은 공연 일정에 맞추어 연극 대본을 제공하는 것이었다. 학자들로 하여금 '연구'를 할 자료를 주려는 것이 아니라, 배우들의 입에 쉽게 오를 수 있고, 청중이 듣고 즐길 수 있는 대사를 마련하려는 것이었다. 그렇다면 셰익스피어의 우리말 번역도 무대 위에서 대사를 들려주는 배우들이 편안한 호흡으로 객석을 향해 전해 줄 수 있는 공연 대본을 염두에 둔 것이라야 할 것이다. 배우들의 자연스런 호흡과 일치하고, 무대 위에서의 몸의 동작과 동떨어지지 않는 압축된, 그러나 관객이 편안하게 따라가며 즐길 수 있는 공연 대사, 그것을 제공하는 것이 셰익스피어 작품의 우리말 번역이 지향하여야 할 목표라고 나는 생각한다.

이 성 일

1. 이 번역의 근간이 된 텍스트는 T. S. Dorsch가 편집한 *Julius Caesar* (Methuen, The Arden Edition of the Works of William Shakespeare, 1972)이다. 이 책 이외에 G. Blakemore Evans가 편집한 *The Riverside Shakespeare* (Houghton Mifflin, 1974)와 G. B. Harrison이 편집한 *Shakespeare: The Complete Works* (Harcourt, Brace & World, 1968)를 곁에 놓고 번역을 진행하였다.

2. 셰익스피어가 쓴 그대로를 우리말로 치환하여 놓음으로써, 원전을 읽을 때의 감흥을 독자가 우리말 번역문을 읽는 동안에도 가져 볼 수 있을지도 모른다는 희망을 가지고 번역에 임하였다. 그래서 가능한 한 원전의 시행 전개를 벗어나지 않고 그와 일치하는 번역을 목표로 작업에 임하였으므로, 원전과 번역이 거의 동일한 시행 전개를 보이는 결과를 낳았다. 물론, 이는 다분히 의도한 것이기는 하지만, 역자는 여기서 조그만 희망 하나를 가져본다. 영문학도들이 원전을 읽으면서 원전의 시행들이 과연 어떤 의미를 갖는지 재확인하고 싶을 때, 조금이라도 도움이 될 수 있지 않을까 하는 소박한 희망이 그것이다.

3. 위의 욕심을 채우려 애쓰는 동안에도, 역자는 이 욕심이 꼭 충족될 수만은 없다는 것을 새삼 깨달았다. 셰익스피어의 무운시(blank verse)는 '약강오보격'(iambic pentameter)에 충실하다. 따라서, 화자가 바뀔 때에도, 두세 명의 등장인물이 잇달아서 짧은 대사를 이어갈 때, 원문의 편집자는 음절수에 따라 이를 한 행으로 처리하는 경우가 많다. 그러나 번역문에서, 화자가 바뀌는데도 불구하고 이를 한 행으로 묶어버릴 수는 없다. 번역문에서는 화자가 바뀌면 자연히 행도 새로이 시작된다. 이런 연유로 번역문에서의 시행 숫자가 원전에서의 그것과 가끔 달라질 수밖에 없었던 것을 밝히고자 한다.

4. 번역된 텍스트를 읽으면서 독자들은 이따금 생소한 고유명사나 어구를 접하고 무슨 의미인지 의아해할 수 있을 것이다. 번역이 학술논문은 아니기 때문에 상세한 주석을 필요로 하지는 않는다. 그러나 역자가 필요하다고 생각한 설명은 간략하게 각주로 처리하였다.

나남 셰익스피어 선집 2

줄리어스 씨저

차 례

등 장 인 물

줄리어스 씨저	
옥테이비어스 씨저	줄리어스 씨저 사후 삼두통치자
마커스 안토니어스	
애밀리어스 레피더스	
씨세로	원로원 의원
퍼블리어스	
포필리어스 레나	
마커스 브루터스	줄리어스 씨저 살해 모의자
캐씨어스	
카스카	
트레보니어스	
리가리어스	
데씨어스 브루터스	
메텔러스 씸버	
씨나	
플레이비어스	호민관
마룰러스	
아테미도러스	크니도스의 수사학 선생
예언자	

씨나	시인
또 다른 시인	

루씰리어스	
티티니어스	
메쌀라	브루터스와 캐씨어스의 동지
젊은 케이토	
볼럼니어스	

바로	
클리터스	
클로디어스	브루터스의 수하
스트라토 루씨어스	
다다니어스	

핀다러스	캐씨어스의 종복
구두 수선공	
목수	
그 밖의 평민들	
줄리어스 씨저의 하인	
마커스 안토니어스의 하인	
옥테이비어스 씨저의 하인	
칼퍼니아	줄리어스 씨저의 아내
포샤	마커스 브루터스의 아내
줄리어스 씨저의 혼령	
원로원 의원들	
시민들	
근위병들	
시종들	
무대장면	극의 대부분은 로마, 나중에는 싸디스 부근, 그리고 필립파이 부근

14

1막 1장

로마의 거리

플레이비어스, 마룰러스, 그리고 평민들 무대 위에 등장

플레이비어스

돌아들 가! 얼간이들, 집으로들 가란 말이야.
이게 무슨 축제일이야? 아니, 일해야 하는 날엔
손 놀려 밥 벌어먹는 주제에 어울리게,
자네들 직종에 걸맞은 차림으로 거리에
나돌아 다녀야 하는 것도 몰라? 자네, 직업이 무언가?

목수

저 말씀이오? 목수입지요.

마룰러스

자네 가죽 앞치마하고 자 막대긴 어디 있나?
왜 그렇게 잘 차려입고 나온 거야?
어, 자네, 직종이 무언가?

구두 수선공

말씀 여쭙자면, 무어 자랑스럴 것도 별반 없는,
서투른 솜씨나 부리는, 별 볼일 없는 자입죠.

마룰러스
직업이 무어냔 말야. 알아듣게 말해.

구두 수선공
제가 바라기로는, 양심에 거리낄 게 없이
꾸려나갈 수 있는 일이온데, 못 쓰게 된 걸 고치는 일입죠.

마룰러스
생업이 뭐냐고—이 돼먹지 않은—생업 말야.

구두 수선공
나으리, 제발 화일랑 내지 마십쇼. 하지만,
뭐가 삐져나오는 상황이시라면, 제가 손보아 드립지요.

마룰러스
무어라 지껄이는 거야? 나를 손본다고? 돼먹잖은 놈—

구두 수선공
그럼요, 꿰매 드립죠.

플레이비어스
자네 신발 수리공 아냐?

구두 수선공
사실 저는 송곳 하나로 살아갑지요. 장사치들
일에 끼어드는 일도, 여편네들 사정 돌보는 일도 없습죠.

하지만, 전 이래 봬도 낡은 신발들을 잘도 고쳐냅니다요.
위태위태한 지경이 되면, 살려 놓거든요. 번드르르하게
잘생긴 사내들 야들야들한 암소가죽 딛고 다녀도,
그게 다 제 손을 거쳐 간 것들입니다요.

플레이비어스
헌데 자네 오늘 왜 가게에 안 있어?
왜 이 떼거리 이끌고 거리를 싸돌아다니는 거야?

구두 수선공
사실은 말씀입죠, 신발 닳게 하려는 겁니다. 그래야 제
일거리가 많아지거든요. 허나 사실대로 말씀드리면,
씨저를 뵙고 그분의 승리를 함께 기뻐하려 하루 쉬는 겁니다.

마룰러스
뭐가 기쁘단 거야? 무슨 전과를 가져온다는 거야?
그자가 로마로 돌아오는데, 무슨 포로들을 전차 뒤에
줄줄이 엮어 끌고 와, 몸값이라도 가져온다는 거야?
이 목석같은 자들, 금수만도 못한 자들—
무지막지한 것들—무정하기 그지없는 로마인들,
폼페이를 잊었어?[1] 그렇게나 여러 번, 자주,
담벼락에, 망루에, 성곽에, 창문에,

---

1 씨저는 BC 45년 3월에 스페인에서 있었던 전투에서 폼페이의 두 아들들을 제압했다. 승전하고 귀환하는 씨저가 로마에 입성한 것은 그해 10월이었다. 많은 로마인들은 '위대한 로마인 폼페이'의 아들들을 제압하고 로마로 귀환하는 씨저를 증오했다고 한다.

아니, 굴뚝 꼭대기에까지,
두 팔에 아이들을 껴안고 기어올라가서는,
거기서 이제나저제나 종일을 참고 기다리며,
폼페이가 로마 거리 지나가는 것 보려 했었지.
폼페이의 전차가 나타나기만 하면,
일제히 함성을 질러대지 않았던가?
그 요란한 함성이 우묵 들어간 강변 언덕에서
되울려 퍼지는 걸 듣고, 티베르 강마저도
강둑 아래에서 떨도록 말이야—
그런데 지금 그렇게 잘 차려입고 나와?
그리고 오늘을 축제일로 삼은 거야?
그리고는 폼페이의 피를 딛고 승전해 돌아오는
그자의 발 앞에 꽃을 흩뿌리는 거야?
돌아들 가!
집으로 달려가서, 무릎을 꿇고,
이 배은망덕 위에 덮쳐야만 할 재앙을
좀 미루어 달라고 신들께 빌어.

플레이비어스
자, 흩어들지게나. 그리고 속죄하려면,
자네들 부류의 가련한 친구들 모아 가지고,
티베르 강둑으로 이끌고 가서, 흐르는 물에
눈물을 흩뿌리라고—그래서 낮게 흐르는 강물이
불어나 높은 둑 언저리까지 넘실거리게 말야. 〔**평민들 모두 퇴장**〕
저 천박한 것들의 심기도 흔들리는 것 좀 보게.
죄책감에 아무 소리도 못하고 꺼지는군.

자네는 공회당이 있는 저쪽으로 가게.
난 이쪽으로 감세. 권좌를 의미하는 장식들이
그자 석상에 걸쳐 있는 걸 보면, 벗겨 버리세.

마룰러스

그래도 될까?
루퍼칼리아 축제일이잖나? 2

플레이비어스

상관없어. 씨저를 드높이는 장식을
걸친 석상이 하나라도 있어선 안돼. 난 돌아다니며,
모여 있는 떼거리들을 거리에서 몰아낼 걸세.
자네도 사람들 많이 모여 있는 걸 보면 그렇게 해.
씨저의 날개에서 자꾸 자라는 깃털을 뽑아 버려야
그 비상(飛翔)이 적당한 선에서 멈출 걸세.
안 그러면 보이지 않을 때까지 까마득히 날아올라,
우리 모두를 두려움에 떠는 굴종으로 몰아갈 거야.

둘 함께 퇴장

2 고대 로마의 목양자들이 수호신으로 모셨던 목신 Lupercus를 기리는 축제로서, 매년 2월 15일에 열렸다. 씨저가 폼페이 아들들을 상대로 이룬 승전 축하는 그 전해의 10월에 있었다. 극적인 효과를 위해, 셰익스피어는 이 두 행사가 동일한 때 있었던 것으로 만들고 있다.

1막 2장

로마 ; 어느 공공장소

씨저, 안토니어스, 칼퍼니아, 포샤, 데씨어스, 씨세로, 브루터스, 캐씨어스, 카스카, 시민들, 예언자 등장

씨저

칼퍼니아.

카스카

조용들 하시오. 씨저께서 말씀하시오.

씨저

칼퍼니아.

칼퍼니아

네, 장군.

씨저

안토니어스가 달릴 때, 바로 그가
지나는 길목에 서 있으오. 안토니어스.

안토니어스

예, 장군.

씨저

안토니어스, 자네 달릴 때
칼퍼니아를 건드리는 걸 잊지 말게. 노인들 말씀이,
이 성스런 경주에서 주자의 손길이 닿으면,
애 없는 여자들 액운 떨쳐 버린다 하오.

안토니어스

알겠습니다.
씨저께서 "이렇게 하라" 말씀하시면, 그대로 하는 겁니다.

씨저

시작하오. 의식 절차 거름 없이—

예언자

씨저 —

씨저

어 — 누가 부르는가?

카스카

모든 소리를 멈추오. 조용하시오.

씨저

군중 속에서 나를 부르는 자 누구인가?
음악을 꿰뚫고 들려오는 날카로운 음성이
"씨저!"라고 외치는구나. 말하라. 씨저 듣고 있다.

예언자

삼월 십오일을 조심하시오.[3]

씨저

누군가?

브루터스

점쟁이 하나가 삼월 십오일을 경계하시랍니다.

씨저

내 앞에 데려오라. 얼굴이나 보자.

카스카

이봐, 이 앞으로 나와, 씨저 면전에 서.

씨저

내게 한 말이 무어지? 다시 말하게.

예언자

삼월 십오일을 조심하시오.

씨저

얼빠진 친구로군. 내버려 두세. 가세나.

나팔소리 ; 브루터스와 캐씨어스만 남고 모두 퇴장

---

3 플루타크에 의하면, 이보다 훨씬 전에 한 예언자가 씨저에게 3월 15일('the Ides of March')에 액운이 닥칠 것을 경고했다고 한다.

캐씨어스
경주 장면을 보러 가려오?

브루터스
난 그만두겠네.

캐씨어스
제발, 가 보세나.

브루터스
난 여흥엔 관심 없네. 안토니어스에게 있는
그 활력 넘치는 발랄함을 난 갖고 있지 못한다네.
캐씨어스, 나 때문에 주저할 건 없네.
난 그만 가보겠네.

캐씨어스
브루터스, 나 근자에 눈여겨보았네.
한때 자네가 내게 던져 주던 그 다정함과
우정에 넘치는 눈길을 못 느끼게 된 것일세.
자네를 소중히 여기는 벗을 대함에
자네는 너무도 무뚝뚝하고 냉랭하이.

브루터스
캐씨어스,
오해하지 말게나. 내 얼굴에 어두운 그늘이 있었다면,
그건 나 스스로가 못마땅해서 제풀에 갖게 된
찡그림일 걸세. 근자에 와서 내 마음속에 이는

갈등 때문에 심기가 좀 불편한데, 그 원인은
나 혼자에게만 국한되는 것일 뿐이고,
아마 그게 내 언동을 어둡게 하는 모양일세.
그렇다고 내 소중한 친구들이 — 캐씨어스, 자네도
그 중 하나이네만 — 섭섭해하거나, 아니면,
마음속 번민에 부대끼는 브루터스란 자가
주변 친구들에게 우정을 표하는 걸
게을리하는 것 이상으로는 생각지 않았으면 하네.

캐씨어스
그렇다면, 브루터스, 내 자넬 오해했구먼.
그런 연유로, 내 가슴에 묻어 놓기만 했네그려 —
중차대하고 심각하게 검토해야 할 생각을 말일세 —
여보게, 브루터스, 자네 스스로를 볼 수 있나?

브루터스
볼 수 없지, 캐씨어스. 눈이 눈을 보려면
그게 어디 비쳐져야 할 테고, 그건 이미 다른 물체지.

캐씨어스
맞는 말이야.
그런데, 브루터스, 유감천만인 것은,
자네의 드러나지 않은 진가를 자네가 볼 수 있도록
비쳐 주는 거울이 — 자네가 스스로를 볼 수 있는 거울이 —
자네에게는 없다는 거야. 내가 듣기로는 —
'불후의 씨저'를 빼놓고, 로마의 내로라하는 인사들
상당수가, 이 시절의 억압에 숨통 막혀 하는 그네들이,

브루터스에 대해 하는 말은,
브루터스가 사태를 옳게 보는 눈 있었으면 하는 거야.

브루터스

캐씨어스, 무슨 위험으로 날 몰아가려는가?
내 맘속에 있지도 않은 생각을
내 스스로 있지나 않은가 찾게 하려 하다니 —

캐씨어스

그러니, 브루터스, 잘 듣게나.
거울에 비친 것처럼 자네가 스스로를 볼 수 없는 걸
알기에 하는 말이네만, 내가 자네 거울이 되어서,
과장하지 않고, 자네가 미처 깨닫지 못하는
자네의 진면목을 보여주고자 하네.
그런데, 브루터스, 내 말 의심치 말게.
내가 사람들에게 웃음거리라거나, 아니면,
내게 우의를 표해오는 자 모두에게 진부한
맹세의 말로 내 우정을 맥 빠지게 천명한다든가,
아니면, 그대 알기로 내가 사람들에게 아유하고
끌어안았다가 나중엔 비방이나 하는 자라거나,
아니면, 연회석상에서 우중에게 마음에도 없는
우정을 표하는 자라고 여기거든, 내 말 믿지 말게.

주악과 함성 들린다.

브루터스

이 함성은 무어지? 사람들이 씨저를 왕으로

추대하는 건 아닌지 모르겠네.

캐씨어스
그게 걱정인가?
그렇다면 자넨 그렇게 되길 원치 않는다는 말이지?

브루터스
캐씨어스, 그렇다네. 허나 난 그를 사랑하네.
그건 그렇고, 왜 날 여기 이렇게 오래 붙잡아 두는 건가?
내게 해 주고 싶은 이야기란 게 무언가?
그것이 공공의 이익을 위한 것이라면,
한 눈엔 명예를, 다른 눈엔 죽음을 가져와도 좋네.
그 둘을 나는 담담한 마음으로 직시할 것이야.
나 죽음을 두려워함 이상으로 명예를 소중히 여김을
하늘이 아시는 바이기 때문일세.

캐씨어스
내가 자네 모습에 친숙한 만큼이나
자네가 간직한 덕성 또한 익히 알고 있네, 브루터스.
자, 내가 하려는 이야기의 명제가 바로 '명예'일세.
자네나 다른 친구들이 이런 삶을 어떻게 생각하는지
나는 모르겠네만, 나 자신 하나만 놓고 본다면,
나와 별반 다를 것도 없는 자를 두려워하며 사느니,
차라리 죽는 게 낫다는 생각일세.
나 씨저 못잖은 자유인으로 태어났고, 자네도 그래.
우리 둘 다 그 못잖게 잘 먹고 지내왔고,
그자만큼 겨울 추위를 견뎌낼 수 있어.

한번은, 날씨 궂고 바람 센 어느 날,
굽이치는 티베르 강물이 강변에 넘실댈 때,
씨저가 내게 묻더군. "캐씨어스, 지금
나와 함께 이 험한 파도 속으로 뛰어들어
저 반대편으로 헤엄칠 수 있겠어?" 그 말에,
군장을 한 상태 그대로 난 물에 뛰어들면서
나를 따라오라고 했지. 정말 그렇게 하더군.
물살은 콸콸 으르렁대었고, 우리는 힘차게 팔 저어
급류를 헤쳐 나갔지. 누가 이기나 보자는 각오로
물살 때려눕히고 억누르며 말일세—
그런데 목표 지점에 다다르기 전에
씨저가 외치는 거야. "날 도와줘, 캐씨어스, 빠지겠네"라고—.
우리의 위대한 선조 에이니어스가 트로이의
불길 속에서 늙은 안키세스를 어깨에 울러 메고
구해냈을 때처럼,[4] 티베르 강의 파도로부터
기진맥진한 씨저를 구해냈네. 헌데, 이자는
지금 신이 된 걸세. 그리고 캐씨어스는
별 볼일 없는 존재라서, 씨저가 대수롭잖게
고개만 주억거려도 몸을 굽혀야 하는 거야.
그자가 스페인에 있을 때 열병에 걸렸는데,
발작이 그자를 덮쳤을 때, 온몸을 사시나무
떨 듯하더군. 정말일세—이 신 같은 자가 말이야.
비겁한 병사 도주하듯 혈색은 그 입술을 떠났고,

4 트로이 장군 Æneas의 후손 Romulus 형제가 로마를 세웠다는 믿음에 근거하여 그는 로마의 시조로 일컬어지고, 여기 언급되는 상황은 트로이 멸망의 날, 그가 Anchises를 불길에서 구해내는 것으로, Vergilius의 Æneid에 그려지고 있다.

지금 온 세상을 위엄으로 압도하는 바로 그 눈이
빛을 잃었단 말일세. 그자가 내는 신음 소리도 들었고—
그뿐인가? 그자의 혀가—로마인들에게 그를 주목하고
그가 하는 말을 비망록에 기록하도록 명한 그 혀가—
하, 이렇게 외치더군—"마실 것 좀 다오, 티티니어스"—
병든 계집아이처럼 말야. 맙소사, 기가 막혀서—
그처럼 유약한 성품의 소유자가
이 웅대한 세계를 좌지우지 뒤흔들고
영광의 종려가지를 잡다니—

함성과 주악

브루터스
또 함성이?
이 갈채 소리는 아무래도 씨저에게
쏟아져 내린 어떤 새 영예에 대한 것일 게야.

캐씨어스
글쎄, 저자는 이 세상이 좁다는 듯,
거대한 아폴로 상처럼 우뚝 서 있고, 초라한 우리는
저자의 우람한 다리 밑을, 치욕스런 무덤이나
찾으려 두리번거리며 걷는 형국이니 말씀이야.
인간은 때로는 자신의 운명을 개척해야 하는 법—
여보게, 브루터스, 우리가 굴종을 감내해야 하는 것은,
타고난 운명 때문이 아니라, 우리 자신들 탓일세.
브루터스와 씨저—그 "씨저"라는 이름에 뭐가 있나?
왜 이 이름이 자네 이름보다 더 크게 울려야 하나?

두 이름을 나란히 써 놓으면, 자네 이름이 못할 것 없지.
두 이름을 소리 내어 보면, 자네 이름도 입에 잘 붙는걸—
무게를 재어 보면 못지않게 무겁고, 혼령을 불러낼라치면,
"브루터스"가 "씨저"만큼이나 빨리 그를 일으킬 걸세.
자, 모든 신들의 이름을 걸고 묻건대,
이 지존의 인물 씨저는 무엇을 잡수셨기에
이토록 크게 자랐는가? 시대여, 치욕에 절었구나!
로마여, 기백 있는 사나이들을 모두 잃었구나!
제우스가 인간에 내린 대홍수 이래, 한 시대를
빛낸 사람이 하나 이상 아니었던 때가 있었던가?
로마의 영광을 이야기한 사람 중에, 어느 누가,
로마의 넓은 길이 한 사람의 것이었다 말한 적 있던가?
헌데, 오로지 한 사람만 활갯짓할 여유가 있으니,
로마는 과연 로마다워졌구려.
아, 그대와 난 우리 조상들이 말씀하는 걸 들었지—
일찍이 브루터스란 분 있었고, 임금의 통치를
영원한 악마가 로마에 군림하는 것 못지않게
용납지 않은 분이었다고—[5]

브루터스

자네가 날 아끼는 걸 난 믿어 의심치 않네.
자네가 내게 무얼 원하는지 짐작도 되네.
내가 이 문제에 대해, 이 시국에 대해, 생각해온 바를
나중에 말해 줌세. 우선 당장은,

---

5 플루타크에 의하면, 브루터스의 선조 Lucius Junius Brutus가 Tarquinius를 왕위에서 물러나게 함으로써 로마 공화정을 시작하였다고 한다.

(내 간곡히 청원하는 바이네만) 더 이상
강요받고 싶지 않네. 자네가 말해 준 것을
나 숙고해 봄세. 자네가 꼭 하고 싶은 말을
나 경청하려네. 그리고 때를 보아 만나서
그런 중차대한 문제에 대해 논의해 봄세.
그때까지는, 여보게, 이걸 잘 기억해 두게.
이 험난한 시국이 우리에게 덮씌우는
견디기 어려운 상황 속에서, 브루터스는
스스로 로마의 아들이라고 자부하기보다는,
차라리 촌로이기를 원할 것임을—

캐씨어스
내 빈약한 언변이
브루터스에게 이만큼이라도 관심의 불꽃을
댕겨 놓은 게 기쁘다네.

씨저와 그를 따르는 무리 등장

브루터스
경주가 끝나서 씨저가 돌아오는군.

캐씨어스
저들이 지나갈 때 카스카 옷깃을 당기면,
오늘 무슨 괄목할 만한 일이 있었는지
(그다운 예의 그 신랄한 투로) 말해 줄 걸세.

브루터스

그리함세. 헌데, 저 보게, 캐씨어스,
씨저의 이마에 노기가 어려 있네그려.
그리고 다른 자들은 모두 꾸중이라도 들은 얼굴이야.
칼퍼니아의 뺨은 창백하고, 씨세로는
담비처럼 눈에 핏발이 서 있구먼—
일전 공회당 회의에서 몇몇 원로원 의원들이
그에게 반대 의견을 개진하였을 때처럼 말야.

캐씨어스

무슨 일인지 카스카가 말해 줄 걸세.

씨저

안토니어스.

안토니어스

예, 장군.

씨저

내 주위엔 살찌고 머리에 기름 끼고
밤에는 잠 잘 자는 자들만 있었으면 좋겠어.
저기 있는 캐씨어스는 강파르고 굶주린 모습이야.
생각도 많고—저런 자들은 위험해.

안토니어스

장군, 염려 마십시오. 그럴 리 없습니다.
고매한 로마인이고, 성향도 좋습니다.

씨저

저자가 살 좀 쪘더라면! 하지만 난 두렵진 않아.
허나 이 씨저마저도 두려움을 느껴야 한다면,
저 깡마른 캐씨어스야말로 내가 제일 먼저
피해야 될 자야. 서책을 많이 읽고,
관찰력도 예리하지. 그리고 인간 행동거지를
꿰뚫어 본단 말야. 안토니어스, 자넨 연극을
좋아하지만, 저자는 안 그래. 음악도 안 듣고—
웃는 얼굴 보인 적 없고, 미소라도 떨라치면 그건
스스로에 대한 자조의 미소요, 그 무엇엔가에 대해
미소 지을 마음 내키게 된 자신에 대한 조소일 뿐.
저런 자들은 자신보다 우월한 사람을 보면,
결코 마음이 편할 수가 없는 법이야.
그래서 저런 자들이 위험하다는 거야.
내가 하는 말은, 어떤 자들을 경계해야 한다는 말이지,
내가 누굴 두려워한다는 건 아니야—나는 씨저니까.
내 오른쪽으로 와 서게나—내 이쪽 귀가 안 들리니.
저자에 대해 어떻게 생각하는지 솔직히 말해 주게.

나팔소리 ; 씨저와 그를 따르는 무리 퇴장

카스카

내 옷자락을 당기셨지. 하실 말씀 있으시오?

브루터스

그렇소, 카스카. 오늘 무슨 일이 있었기에,
씨저 얼굴이 저렇게 침울한지 말씀해 주겠소?

카스카
그대도 그 자리에 있지 않았소?

브루터스
그랬다면 그대에게 굳이 물었겠소?

카스카
글쎄, 씨저에게 월계관을 바쳤는데, 그걸 씨저는 이렇게 손등으로 밀치며 사양하였고, 그러자 군중은 환호성을 지르는 것이었소.

브루터스
두 번째 함성은 왜 들린 거요?

카스카
글쎄, 똑같은 일이 반복된 거요.

캐씨어스
세 번 환호성이 들렸는데, 마지막 것은?

카스카
글쎄, 그도 똑같은 상황이었다오.

브루터스
씨저에게 월계관을 세 번 바쳤다?

카스카
그렇다오. 그리고 씨저도 세 번을 사양했는데,

매번 그전보다는 덜 완강하게 하였고, 씨저가 그걸
밀쳐낼 때마다 고지식한 군중은 환호합디다.

캐씨어스
월계관을 누가 바쳤소?

카스카
물론 안토니어스였소.

브루터스
여보, 카스카, 상황을 좀 자세히 들려주시오.

카스카
그 모든 상황을 소상히 밝히느니, 목 매달릴 각오가
돼 있어야겠지요. 한판의 소극입니다. 내 눈여겨보진
않았소. 마크 안토니가 월계관을 바치는 건 보았소.
헌데, 그게 제대로 된 월계관도 아니고 자그마한
것이었소. 내가 말했듯이, 씨저는 그걸 사양하였소.
그렇게 하긴 했지만, 내 보기엔, 받고 싶은 것 같았소.
안토니는 다시 관을 바쳤고, 또다시 사양합디다. 헌데,
그 관에서 손을 떼기가 몹시 싫은 것 같습디다. 다시
세 번째 관을 바쳤고, 또다시 세 번째 물리쳤지요.
또 사양하는 모습을 보고는, 어중이떠중이들이 함성을
질러대고, 일에 거칠어진 손으로 박수를 해대고, 땀에
절은 벙거지를 집어던지고, 악취 풍기는 숨결로 씨저가
월계관 받기를 사양했다고 함성을 질러대는 통에,
씨저를 거의 질식시켜 죽일 뻔했다오. 씨저는 아찔해서

기절했고, 그만 쓰러지고 말았다오. 나 자신으로 말할 것
같으면, 웃을 수도 없었던 것이, 입을 벌렸다가는 그 고약한
공기를 들이마실 것 같아서였소.

캐씨어스

잠깐, 방금 씨저가 졸도하였다고 했소?

카스카

시장 바닥에 쓰러져서는, 입에 거품을 내면서,
한마디도 못합디다.

브루터스

그랬을 거요. 간질이 있으니까—

캐씨어스

아니, 병자는 씨저 아니라, 자네와 나,
그리고 정직한 카스카—쓰러지는 병 앓는 건 우리요.

카스카

무슨 말인지 모르겠지만, 씨저가 쓰러진 건 정말이오.
그 어중이떠중이 군상은, 극장에서 그네들이
배우들에게 하듯, 씨저의 언행이 그들 마음에 들고
안 들고에 따라, 갈채하거나 야유하는 것 아니었겠소?
하니, 내 말 믿으시구려.

브루터스

정신이 들었을 때 무어라 합디까?

카스카
참말이지, 쓰러지기 전에, 그가 월계관을 사양하는 것에
군중이 기뻐하는 것을 보고는, 웃옷 목덜미를 풀어헤치고는,
목을 따라는 시늉을 합디다. 만약에 내가 손에
연장이라도 들고 있는 노동자이면서,
씨저의 몸짓을 액면 그대로 받아들이지 않으면,
내 그 악당 무리들과 함께 지옥에라도 떨어졌으면 싶은
심사였소. 그리고 씨저는 쓰러졌소. 정신이 들자,
말하길, 무언가 자기 언행이 잘못되었다면,
그건 자신의 병고 때문이라 여겨 달라고 합디다.
내가 서 있던 곳에서, 서넛 젊은 계집들이, "아, 멋지신 분!"
하고 소리 지르며 충심으로 그자를 용서하였다오.
허지만 그걸 눈여겨볼 필요는 없지요. 씨저가 그것들의
어미를 찔러 죽였더라도, 여전히 그랬을 테니까—

브루터스
그 일이 있은 후, 그렇게 침울해진 거요?

카스카
그래요.

캐씨어스
씨세로가 무어라 안 합디까?

카스카
했지요. 희랍어로—

캐씨어스
무슨 요지로?

카스카
이 자리에서 얘기한다면, 나 그대를 다시는 못 볼 수도 있어요.
씨세로가 한 말을 알아들은 사람들은 서로 보며 빙긋이 웃었고,
머리를 절레절레 흔듭디다. 나야 뭐 알아들을 수 없는
희랍어였으니까 — 소식이 하나 있는데, 마룰러스와
플레이비어스가 씨저의 석상에서 장식을 제거하고 난 후,
더는 그 목소릴 듣지 못하게 되었다는 거요. 자, 이만.
웃기는 일이 더 있소만, 잘 기억이 안 나는구려.

캐씨어스
카스카, 오늘 밤 식사나 함께 안 하시겠소?

카스카
아니, 선약이 있어서 —

캐씨어스
내일은 어떻소?

카스카
그럽시다. 나 그때까지 살아 있고, 당신 생각 안 달라지고,
음식이 먹을 만하다면 —

캐씨어스
좋소. 기다리리다.

카스카

그러시오. 두 분 다, 그럼 — 〔**퇴장**〕

브루터스

이 친구 왜 이리 무뚝뚝해졌어?
학교 다닐 땐 발랄한 성격이었는데 —

캐씨어스

매사에 시큰둥한 것 같은 태도를 보이지만,
담력을 요하거나 고귀한 명분 있는 계획이라면,
지금도 화끈하게 덤벼 실행에 옮길 사람이야.
이 무뚝뚝한 어투는 저 사람 속마음의 양념과 같아서,
이 사람 하는 말의 참맛을 제대로 즐기고픈
입맛을 돋워 주지.

브루터스

그렇구먼. 그럼, 오늘은 이만 가보겠네.
내일, 자네 나하고 이야길 나누고 싶으면
내가 자네 집에 들름세. 아니면, 자네가 원한다면,
내 집에 와도 좋고. 내 기다릴 테니까 —

캐씨어스

그리함세. 그때까지 시국 생각 좀 해 두게.

브루터스 퇴장

브루터스, 자넨 고매한 사람이야. 하지만 자네의
명예로운 인품을, 그 본래의 성향과는 거리가 먼
목적을 위해 이용할 것이야. 그래서 고매한 인격 가진
사람은 비슷한 사람들과만 어울려야 한다는 거야.
하긴, 유혹받지 않을 만큼 마음 굳은 사람 있나?
씨저는 나를 못마땅히 여기고, 브루터스를 아끼지.
내가 브루터스이고, 저 사람이 캐씨어스라면,
지금 내가 저 사람 다루듯, 저 사람 날 다루진 않을 거야.
오늘 밤, 여러 시민들로부터 온 것처럼, 다른 필적으로 쓴
편지들을 저 사람 집 창문에 던져 넣어야지.
온 로마가 그의 이름을 얼마나 존귀하게 여기는가 하는
내용을 담아—거기에다 씨저의 야심을 넌지시 비추어
볼 수 있도록 하면서 말야. 이 일을 도모하고 난 뒤,
씨저 얼마나 자리를 지키나 보자. 흔들어서
실각시키든가, 우리가 더 힘든 세월 맞든가—〔**퇴장**〕

1막 3장

로마 ; 어느 거리

천둥과 번개. 카스카와 씨세로 등장

씨세로

안녕하시오, 카스카. 씨저를 댁까지 모셔 드렸소?
왜 숨이 차신 거요? 그리고 왜 그리 허둥대는 눈길이오?

카스카

굳건해야 할 지축이 근간을 잃은 것처럼
흔들리는데, 마음 차분하실 수 있소? 아, 씨세로,
윙윙거리는 바람이 마디 굵은 떡갈나무를
쪼개어 버리는 폭풍우를 본 적도 있고,
야심 찬 바다가 위협하는 구름장에 치솟아 오르려는 듯,
부풀고 노호하고 거품 이는 것도 보았소.
허나 오늘 밤까지 한 번도, 지금까지 한 번도,
불을 떨구는 폭풍을 겪은 적 없었소.
하늘나라에 내란이 일어났거나, 아니면
제신들에게 무례하게 군 세상을 향해
제신들 분노하여 파멸을 보내는 모양이오.

씨세로

글쎄, 이보다 더 기이한 일 겪은 적 있소?

카스카

보신 적 있으시겠지만, 어느 노예 녀석이
왼손을 치켜들었는데, 거기서 횃불 스물은 됨직한
불길 내며 타는 겁니다. 헌데, 그 손이란 게, 마치
불길을 느끼지도 않는 것처럼, 말짱한 겁니다.
그 밖에도 — 그 후엔 노상 칼을 몸에 지닙니다만 —
공회당 앞에서 사자 한 마리와 맞닥뜨렸는데,
그놈이 나를 노려보고는, 더 이상 위해를 가함 없이
으르렁대며 지나쳐 간 겁니다. 또 일백 명이나 되는
소름 끼치는 몰골의 계집들이 떼거리 지어,
공포에 질려 제 모습들을 잃은 채, 맹세하는 겁니다 —
불길에 휩싸인 사람들이 거리를 활보하더라고요.
그리고 어제는, 대낮인데도 올빼미란 놈이
저자거리 한복판에 어엿이 앉아서는
목청 찢어지라 울어대는 겁니다. 이 괴기스런 일들이
이렇게 동시에 일어나는 걸 보고도, 아무렇지도 않은 듯,
"다 일어날 법하고 자연스런 거야"라고 해선 안 되지요.
이것들이 다, 어느 지역에 재앙이 덮칠 거라는
불길한 조짐이라 저는 믿기 때문이올시다.

씨세로

정말, 이상하게 흘러가는 세월이야.
허나, 사람들은 제가끔 제멋대로 생각할 테지.
사태가 의미하는 바를 엉뚱한 시각으로 보며 —
씨저는 내일 공회당에 오는가?

카스카

그래요. 내일 공회당에 갈 것이라고
당신께 전하라고 안토니어스에게 분부합디다.

씨세로

잘 가시오, 카스카. 날씨가 고약해서
나돌아다니는 건 안 좋겠소.

카스카

잘 가시오, 씨세로.

씨세로 퇴장 ; 캐씨어스 등장

캐씨어스

누구요?

카스카

로마인이오.

캐씨어스

음성 들으니, 카스카구려.

카스카

귀가 좋으시오. 캐씨어스, 고약한 밤이구려.

캐씨어스

정직한 사람들에겐 상쾌한 밤이잖소?

카스카
하늘이 이렇게 험악하리라 누가 알았겠소?

캐씨어스
세상사 잘못 돌아가는 걸 아는 사람들이잖겠소?
나로 말할 것 같으면, 거리를 싸돌아다니며,
이 위험스런 밤에 나 자신을 온통 내맡기었다오.
또, 카스카, 자네도 보듯 이처럼 옷섶을 풀어헤치고
천둥 벼락에 내 가슴을 다 드러내었소. 그리고는
갈가리 흩어지는 푸른 번갯불이 하늘의 가슴을
여는 듯할 때마다, 벼락이 내려와 꽂히길 바라며
서슴없이 과녁인 양 내 몸을 드러내었다오.

카스카
헌데, 왜 그처럼 하늘을 부추긴 거요?
막강한 권능을 소유한 제신들이 우리를 경악시키려
이처럼 무서운 전령들을 징표로 보낼 때,
사람이라면 의당 두려움에 떨게 되는 것이오.

캐씨어스
카스카, 당신 무디기도 하구려.
그리고 로마인에게 있어야 할 생명의 불꽃이
당신에겐 없소. 아니면, 그걸 쓰지 않든가—
하늘이 인내를 상실하였음을 보이는 이변 앞에서,
그대는 창백하게 질려 멍하니 보고, 두려움에 떨며
경악에서 헤어나지 못하는구려. 허나 그대 만약,

왜 이렇게 벼락이 치고, 유령들이 출몰하며,
새와 짐승 가릴 것 없이 본성을 벗어난 양태를 보이고,
늙은이, 멍청이, 어린것들이 앞일 일러주고,
왜 만사가 섭리대로 굴러가지 않고
상궤를 벗어나 기괴한 양상을 띠고 있는지,
그 원인을 생각해 본다면—
하늘이 이 정령들에게 기운을 불어넣어,
앞으로 닥칠 끔찍한 사태를 경고하는
매체로 삼는다는 걸 곧 알 것이오.
카스카, 이 무시무시한 밤을 방불케 하는 자—
천둥소리도 내고, 벼락도 때리고, 무덤도 열고,
공회당에서 사자처럼 포효하는 자—
행동거지는 그대나 나보다 우월할 바
전혀 없으되, 지금 벌어지는 이변들처럼,
불길한 조짐 보일 정도로 자라나 위협적인
한 사람의 이름을 댈 수 있다오.

카스카
씨저 말씀인 것 같은데, 그렇잖소, 캐씨어스?

캐씨어스
누구인들 대수요? 지금 로마인들이란 게,
조상들로부터 물려받은 허우대는 갖추었으나,
서글프게도, 아버지들의 기개는 사라졌고,
어머니들의 유약한 심성만 남아 있구려.
우리의 굴종과 인내는 여인들에게나 걸맞은 것을—

카스카

하긴, 내일 원로원 의원들이
씨저를 임금으로 추대할 것이라고 합디다만—
그리고 이탈리아를 제외하곤 그 어느 데서건,
바다이건 땅이건 왕관을 쓸 것이라고—

캐씨어스

허면, 내 이 단검을 어디로 가져가야 할지 알겠소.
캐씨어스는 그 자신을 굴종으로부터 구할 것이오.
그리하여, 제신들이여, 약한 자를 강하게 하소서.
그리하여, 제신들이여, 폭압자를 멸하소서.
석축의 탑도, 굳게 벼린 놋쇠의 벽들도,
밀폐된 감옥도, 끊지 못할 강철의 고리도,
이 굳건한 결의를 가두어 놓지는 못할 거요.
오히려, 이 속세의 속박에 진력이 난 생명력은,
그 스스로를 해방시킬 힘에 넘치고 있소.
내 이를 알고, 그 밖의 세상 돌아가는 이치를 안다면,
내가 견뎌내는 폭압의 그 부위를
홀가분하게 떨쳐버릴 수 있는 거요.

계속되는 천둥소리

카스카

나 또한 그렇소.
그러니, 억압받고 있는 모든 사람 각자의 손에
그를 속박에서 풀어 줄 힘이 놓여 있는 거외다.

캐씨어스

허면, 왜 씨저가 압제자가 될 수 있단 말이오?
보잘것없는 인간! 로마인들이 양에 불과하다는 걸
보았기에 그가 늑대가 될 수 있었던 거요. 로마인들이
암사슴 같지만 않았다면, 그자 사자가 될 순 없었소.
서둘러서 큰불을 지피려 하는 자는
가녀린 짚으로 시작한다오. 로마가 씨저 같은
저열한 것을 환하게 비추어 주는 데 필요한
땔감에 불과하다면, 얼마나 하잘것없는
쓰레기, 허섭스레기, 불쏘시개일 뿐이오?
허나, 아 슬픔이여, 날 어디로 이끈 것이냐? 아마도 난
기꺼이 굴종하는 자에게 말하고 있는 걸 테지. 그렇다면,
내 말에 대한 대가를 치러야겠지. 허나 난 준비돼 있어—
위험이고 뭐고 내겐 상관없는 일이야.

카스카

당신 카스카에게 말하고 있는 거요. 카스카는
들은 말 너불대는 너절한 자가 아니오. 내 손을 잡으오.
이 모든 간난을 수습하는 데 힘을 모읍시다. 그리고 그 누가
가장 앞장서 가더라도, 그에 뒤떨어지지 않는
발걸음을 내디딜 것이오.

캐씨어스

약속하였소.
카스카, 알고 계시오—나 이미 고결한 뜻을
품은 로마인들 몇몇 분들의 마음을 움직여,

영예로우면서도 위험을 수반하는 이 계획에
나와 행동을 함께하도록 하여 놓았소.
내 알기로는, 지금쯤 폼페이 극장 현관에서
그분들이 나를 기다리고 있을 거요. 이처럼
험한 밤에는 거리에 나돌아 다닐 수 없으니 —
대자연의 얼굴인 날씨마저도,
우리가 수행할 그 과업 — 잔혹하고 맹렬하고
끔찍스런 그 일 — 에 어울리는 듯하오.

씨나 등장

카스카
잠깐 몸을 비키시오. 누가 서둘러 오는구려.

캐씨어스
씨나요. 발걸음으로 알겠소.
우리 편이오. 씨나, 어딜 그리 서둘러 가시오?

씨나
그대를 찾는 거요. 저 사람은? 메텔러스 씸버요?

캐씨어스
아니, 카스카요. 우리 계획에 참여케 돼 있소.
씨나, 다들 날 기다리고 있잖겠소?

씨나
그거 참 잘됐구려. 이 무슨 고약한 밤이오?

우리들 두세 사람이 이상한 광경을 보았다오.

캐씨어스

날 기다리고 있잖겠소? 말해 보오.

씨나

그래요. 아, 캐씨어스, 그대가 고결한 브루터스를
우리 일에 가담토록 할 수만 있다면—

캐씨어스

그건 염려 마시오. 씨나 의원, 이 종이를 가져다가,
브루터스만 볼 수 있게 그의 재판관석에 놓으시오.
그리고 이걸 그의 집 창문으로 던져 넣으시오.
이건 브루터스의 석상에 초로 붙여 놓으시고.
이 일 끝나면, 폼페이 극장 현관으로 서둘러 오오.
거기서 우릴 보실 거요.
거기 데씨어스 브루터스하고 트레보니어스요?

씨나

메텔러스 씸버만 안 보이는데, 씸버는
당신 만나려 당신 댁으로 간 거요. 자, 난 서둘러 가오.
내게 말씀하신 곳에다 이 종이들을 가져다 놓겠소.

캐씨어스

그리하신 뒤에 폼페이 극장으로 오시오.

씨나 퇴장

자, 카스카, 당신과 나는 날이 밝기 전에 브루터스를
그의 집으로 찾아갑시다. 그의 마음은 이미 사분의 삼이
우리 편으로 기울었소. 다시 한 번 만나서 이야기하면,
완전히 우리와 뜻을 같이하게 될 거요.

카스카
아, 모든 사람들이 그를 우러러보지요.
그리고 우리들이 추진할 때엔 사악하게 보일 일도,
브루터스의 용인하에 행해지면—마치 연금술의 조화인 양—
덕스럽고 값진 것으로 그 면목을 일신할 거요.

캐씨어스
브루터스의 사람됨과 아울러 왜 우리가
그를 필요로 하는지 잘 지적하였소. 자, 갑시다.
벌써 자정이 지났구려. 날이 밝기 전에
브루터스를 깨워서 다짐을 받아 놓읍시다.

둘 다 퇴장

2막 1장

로마

브루터스 자택 정원에 등장

브루터스

루씨어스, 게 있느냐?
별자리의 움직임만을 보아서는 날이 새려면
얼마나 남았는지 알 수 없군. 루씨어스, 안 들리니?
나도 저렇게 잠에 곯아떨어졌으면 좋으련만.
안 들려? 루씨어스, 이놈. 그만 깨라, 루씨어스!

루씨어스 등장

루씨어스

어르신, 부르셨습니까?

브루터스

내 서재에 촛불 하나 가져다 놓아라, 루씨어스.
초에 불이 붙은 다음에 이리 와서 알려다오.

루씨어스

그러겠습니다, 어르신. 〔**퇴장**〕

브루터스

그가 죽어야만 문제가 풀려. 나 개인으로 보면,
내가 그에게 발길질을 할 아무런 사적인 이유는 없어—
다만 공공의 대의를 위해서일 뿐—그는 왕관을 쓰고자 해.
그랬을 때 그의 성품이 어떻게 바뀔 것인지—그게 문제야.
날씨가 화창하면 독뱀이 기어 나오게 돼 있어.
그래서 경계해야 된다는 거야. 왕관을 씌워? 그건—
그러면, 그에게 독아(毒牙)를 심어 주는 것인데,
그건 마음먹은 대로 위해를 가할 수 있다는 얘기지.
절대 권력의 폐해는 그 힘을 행사할 때
연민의 정이 따르지 않는 것이야. 그런데 씨저로 말하자면,
그의 이성보다는 감성이 우위를 점했던 경우를
난 본 적이 없어. 헌데, 겸양이란 것이, 야심이 자라나는
과정에 딛고 올라갈 사다리임은 잘 알려져 있지.
신분 상승하려는 자 얼굴을 위로 쳐들고 오르지만,
일단 사다리의 꼭대기에 도달하는 순간,
기어오르던 사다리에 등을 돌리고는
구름 속을 쳐다보며, 그가 이제껏 밟아온 단계를
사뭇 조소하게 되는 거야. 씨저도 그럴 것이야.
그리 되지 않도록 미리 막아야지. 그리고 그를 비방할
아무런 명분을 그의 현재 모습에서 찾을 수 없으니,
이렇게 생각해 보자—현재의 그가 세력이 커지면
이러이러한 극한의 압제 행위로 이어질 것이다.
그러니 씨저를 채 부화되지 않은 뱀의 알로 보자—
알 깨고 나오면, 그 본성대로 고약한 형질을 드러낼 테니,
알껍데기 속에 있을 때 죽여 버리는 거다.

루씨어스 등장

루씨어스
서재에 촛불 밝혀 놓았습니다, 어르신.
부싯돌 찾으려 창문을 더듬다가, 이렇게 밀봉된
서찰을 발견했습니다. 확실하게 여쭙는데,
제가 잠자리에 들 때는 거기 없었던 겁니다. 〔**서찰을 건넨다**〕

브루터스
다시 잠자리에 들거라. 아직 밤이다.
얘야, 내일이 삼월 십오일이 아니냐?

루씨어스
잘 모르겠습니다, 어르신.

브루터스
달력을 보고 와서 알려다오.

루씨어스
그러겠습니다. 〔**퇴장**〕

브루터스
허공을 가르는 유성의 빛만으로도
충분히 글자를 알아볼 수 있겠군. 〔**서찰을 열어 읽는다**〕
"브루터스, 그대는 잠들어 있소. 깨어나 스스로를 보오.
로마가… 입을 여시오, 행동에 옮기시오, 바로잡으시오!"
"브루터스, 그대는 잠들어 있다. 깨어나라."

이런 부추기는 말을 적은 쪽지들이
가끔 떨어져 있는 걸 집어보고는 했지.
"로마가…" 이 말은 이런 뜻일 게야—
로마가 한 사람을 두려워해야 하는가? 아니, 로마가?
내 선조들께서는, 타퀸이 임금의 칭호를 얻게 되자,
그를 로마의 거리로부터 몰아내시었는데.
"입을 열라, 행동에 옮기라, 바로잡으라!" 내게
입을 열고 행동하라고 소청하는가? 아, 로마여,
나 약속하노니, 사태를 바로잡을 수만 있다면,
그대가 소청하는 바를 브루터스로부터 받으리라.

루씨어스 등장

루씨어스
어르신, 삼월달이 절반 지나갔습니다.

안에서 문 두드리는 소리

브루터스
알겠다. 누가 문을 두드린다. 가 보거라.

루씨어스 퇴장

캐씨어스가 씨저를 비방하는 말을 내게
처음 한 뒤로는 잠을 이룰 수가 없었어.
끔찍한 일 하나를 실행으로 옮기는 순간과

그 첫걸음을 내딛는 순간 사이에 흘러가는 시간은
악몽, 아니면 소름 끼치는 꿈과 같은 것 —
주어진 천품과 살아 있는 동안 해야 할 행위 사이엔
갈등이 있을밖에 — 그리하여, 평온을 지향하는
인간의 처지는, 한 조그만 왕국이기라도 한 양,
분란의 소용돌이에 휩쓸리고 말게 되는 거야.

루씨어스 등장

루씨어스
어르신, 친구분 되시는 캐씨어스 님께서 오셨는데
뵙고 싶으시답니다.

브루터스
혼자시더냐?

루씨어스
아뇨. 다른 분들과 함께세요.

브루터스
네가 아는 분들이냐?

루씨어스
아뇨, 어르신. 모자를 푹 눌러들 쓰셨고,
얼굴의 절반은 외투에 파묻혀 있어서
어느 분이 누구신지 알 수가 없습니다.

브루터스
들어들 오시게 해라.

루씨어스 퇴장

일 꾸미는 무리일 테지. 아, 비밀스런 모의여,
너의 음험한 얼굴을 어두운 밤에도 보이길 꺼리느냐?
사악한 일들 활갯짓하는 밤에도? 아, 그러면 낮에는
네 흉악한 얼굴을 숨길 만큼 어두운 동굴을
어디서 찾으려느냐? 음모여, 소용없느니 —
네 참얼굴을 미소와 상냥함 속에 감추어라.
너의 참모습 드러낸 채 네 갈 길을 간다면,
지옥으로 이르는 하계의 통로가 아무리 어두워도
네 모습 드러나지 않게 감추지는 못할 테니 —

캐씨어스, 카스카, 데씨어스, 씨나, 메텔러스 씸버, 트레보니어스 등장

캐씨어스
쉬실 시간에 무례하게 찾아뵌 것 같소이다.
브루터스, 잘 주무셨소? 우리가 방해가 되지는 않소이까?

브루터스
온밤을 이렇게 깨어 있는 채로 있다오.
그대와 함께 온 이분들 내가 아는 분들이오?

캐씨어스

그렇소이다. 다 아시는 분들이오. 그리고
다들 그대를 존경하는 분들이오. 한 분 한 분 모두가,
고결한 로마인 하나하나가 그대에 대해 갖는 의견을
그대 또한 가졌으면 하는 마음뿐이라오.
이분은 트레보니어스—

브루터스

잘 오시었소.

캐씨어스

이분은 데씨어스 브루터스—

브루터스

반갑소.

캐씨어스

이쪽은 카스카, 여기는 씨나, 그리고 메텔러스 씸버—

브루터스

모두들 잘 오셨소.
무슨 근심거리가 있기에, 이처럼
밤잠도 아니 들고 나들이를 하신 거요?

캐씨어스

한마디 여쭈어도 되겠소? 〔**브루터스에게 귓속말 한다**〕

데씨어스
여기가 동쪽이지. 해가 여기서 뜨잖겠소?

카스카
아니오.

씨나
미안하지만, 그렇다오. 저기 구름을 장식하는
잿빛 줄무늬가 동이 터 오는 걸 알려주는구려.

카스카
두 분 다 잘못 알고 계시오.
내가 이 칼 겨누는 쪽에서 해가 뜰 것인데,
아직 연초에 가깝다는 사실을 염두에 둔다면,
훨씬 남쪽으로 기울은 방향이어야 할 것이오.
이제 한두 달 지나면, 좀더 북쪽으로 치올라서
해가 떠오를 것이오. 그런데 정동향은,
공회당과 마찬가지로, 바로 이쪽이오.

브루터스
한 분씩 내게 손을 내주시오.

캐씨어스
그리고 우리의 결의를 선서합시다.

브루터스
아니, 맹세는 그만둡시다. 수심 어린 얼굴,

고통받는 우리들의 영혼, 흉흉한 시국의 흐름—
이런 것들에서 충분한 동력을 얻을 수 없다면,
일찌감치 흩어져, 각자 편안한 잠자리에나 듭시다.
그래서 압제가 솔개의 눈으로 마음껏 높이 날다가,
하나씩 내키는 대로 쓰러뜨리도록.
그러나 앞서 말한 상황이—내가 확신하는 바대로—
겁 많은 자들에게 불을 붙이고, 여인네 같은
유약한 마음을 용기로 다질 열기로 이끈다면,
그렇다면, 동포여,
시국을 바로잡으라고 재촉하는 우리의 명분 말고
또 무슨 박차가 필요하단 말씀이오?
결행 서약하였으니 일구이언 있을 수 없는
로마인이라는 사실 말고, 무슨 약조가 또 필요탄 말씀이오?
명예를 걸고 약조하였으니, 성사시키든가,
아니면 목숨 잃어야 하는데, 무슨 맹세가 필요하오?
사제들과 비겁한 자들, 교활한 자들,
노약해서 시체와 다름없는 자들,
고통받기에 차라리 액운 닥치기 바라는 자들이나
맹세하는 거요. 별 볼일 없는 자들이나
시답잖은 명분 내세워 맹세하는 거요. 하니,
우리의 대의와 거사가 맹세를 필요로 한다고 생각하여,
우리가 성취할 과업의 당당한 명분과
억누를 수 없는 기개를 더럽히지 맙시다.
로마인이 한 약속을 눈곱만치라도 어긴다면,
그의 몸에 고귀하게 흐르는 피 한 방울도
순수하지 않다는 것을 스스로 입증하는 것이오.

캐씨어스
씨세로는 어찌할 것인가? 그에게도 알릴까?
우리의 강력한 지지자가 될 듯싶은데—

카스카
그분을 제외해서는 안 되지.

씨나
안 되고말고.

메텔러스
그분은 꼭 모십시다. 그분의 희끗희끗한 머리칼은
우리의 거사에 무게를 더할 것이며,
우리의 행위를 지지하는 중론을 더할 것이오.
그분의 판단에 따라 우리가 행동한 것이라고
말들 할 것이고, 우리들의 젊은 혈기나 객기는 가리어지고,
그 모두가 그분의 진중함에 파묻혀 버릴 것이오.

브루터스
그분 이름은 거론치 맙시다. 그분께 알리지도 말고—
다른 사람들이 시작한 일을 따라서 할 분이 아니니까.

캐씨어스
그러면 그분은 제외합시다.

카스카
정말이지, 이 일에 적합한 분은 아니야.

데씨어스
씨저 말고 또 제거해야 할 사람은?

캐씨어스
데씨어스, 중요한 점을 언급하셨소.
씨저의 총애를 그토록 받는 마크 안토니가
씨저 간 뒤에 살아남는 건 바람직하지 않소.
교활한 모사꾼임이 드러날 게요. 그리고 그의 재력은,
그가 잘 활용만 하면, 우리 모두에게 위해를 가할
정도는 족히 되오. 그걸 막기 위해서는
씨저와 함께 안토니도 제거해야 하오.

브루터스
케이어스 캐씨어스, 머리를 자르고 사지를 절단하면
우리의 거사를 너무 잔혹한 것으로 보이게 할 수 있소.
마치 분노 때문에 살해하고 악의가 지속되는 것처럼 —
안토니는 씨저의 곁다리에 불과하니 말이오.
케이어스, 제물 바치는 사제는 될지언정 도살자는 되지 맙시다.
우리 모두는 씨저의 기운을 꺾기 위해 일어서는 것이고,
인간의 기운 속에 피가 흐르는 건 아니잖소?
아, 우리가 씨저의 기운만을 취하고
그의 몸을 난도질하지 않을 수 있다면! 허나, 어쩌리요,
씨저는 피를 흘려야 하오. 그리고, 고결한 동지들,
그를 담대하게 죽이되 분노하여 죽이진 맙시다.
제신들 위한 제상에 진설키 위해 그를 죽이되,
개들에게 던져 줄 살점처럼 그를 베진 맙시다.

그리고 우리 심장이 — 영리한 주인들 하듯 —
그 종복인 격정으로 하여금 광기 어린 일 저지르게 한 뒤,
나중에 짐짓 나무라도록 합시다. 그래야만 우리의 거사가
필요에 의한 것이지 악의 때문이 아니었음을 입증할 거요.
대중들의 눈에 그렇게 보일 때, 우리는
살인자가 아니라 치유한 자로 불릴 것이오.
그리고 마크 안토니에 대해선, 생각지도 맙시다.
씨저의 머리가 잘려나간 후엔, 씨저의 팔 한쪽이
무얼 할 수 있겠소?

캐씨어스
그래도 난 그자가 걱정되오.
씨저에 대한 그의 뿌리 깊은 사랑 때문에—

브루터스
제발, 여보, 캐씨어스, 그자 생각일랑 마오.
그가 씨저를 사랑한댔자, 그가 할 수 있는 일이란
스스로에게일 뿐이오. 비탄에 젖어 씨저 생각하며 죽든가 —
그런데 그것도 너무 큰 기대요. 왜냐면 그자가 좋아하는 건,
노는 일, 들뜬 짓거리, 뭇놈들과 어울리는 것이기 때문이오.

트레보니어스
그자를 걱정할 건 없소. 살려 둡시다.
살아남아서, 나중에 이 일 놓고 웃을 것이오.

시각 알리는 소리

브루터스

조용히! 시각이 어떻게 되오?

캐씨어스

새벽 석 점을 때렸소.

트레보니어스

출발할 시각이오.

캐씨어스

그런데 씨저가 오늘
등청할지가 확실치 않소. 근자에 와서
씨저가 미신을 추종하는 듯하기 때문인데,
환영이니, 꿈이니, 조짐이니 하는 것들에 대해,
그가 한때 지녔던 확고한 의견과는 퍽이나
거리가 먼 것인 듯싶소. 최근에 나타난 이변들,
상궤를 벗어난 오늘 밤의 공포, 그리고 그 곁의
점술사들의 설득으로 인해, 그가 오늘
공회당에 나오지 않을 수도 있소.

데씨어스

그 걱정은 마시오. 안 나오기로 마음 굳혀도,
내가 설득할 수 있소. 이자가 듣기 좋아하는 건,
외뿔소는 제힘에 겨워 나무에 뿔을 박고,
곰은 거울 빛에 눈멀고, 코끼리는 구덩이 파서 잡고,
사자는 올가미 엮어서, 사람은 아첨으로 잡는다—

뭐 이런 말들인데, 그가 아첨꾼들을 싫어한다고
내가 말하면, 그렇다고 하는데,
그게 바로 극상의 아첨인 셈이지요.
내가 해 보리다.
그의 기분을 잘 유도해서 공회당으로 데려가겠소.

캐씨어스

아니오, 우리 모두 함께 가서 데려갑시다.

브루터스

여덟 시까지 — 늦어도 그때까지요?

씨나

늦어도 그때까지요. 늦지 마시오.

메텔러스

케이어스 리가리어스가 씨저에게 악감이 있소.
폼페이를 좋게 말했다가 씨저에게 혹독한 말 들었기 때문이오.
아무도 그를 기억하지 못한 것이 이상하오.

브루터스

메텔러스, 그 사람 집에 들르시오.
그 사람은 날 따르는데, 그럴 만한 이유가 있소.
이리로 보내만 주시오. 내 잘 설득해 볼 테니.

캐씨어스

날이 밝아 오는구려. 브루터스, 우린 그만 가겠소.

그리고, 여러분, 흩어집시다. 허나, 잊지들 마시오—
그대들 한 말을—진정한 로마인임을 보여주시오.

브루터스
여러분, 생기 있고 쾌활하게 보이시오.
우리들의 외양이 우리들 속맘을 드러내선 안 되오.
로마의 배우들처럼, 마음의 동요 보이지 않고
시종여일한 의연함 유지하며 처신합시다.
자, 그럼, 다들 잘 가시오.

브루터스만 남고 모두 퇴장

루씨어스, 거기 있니? 잠이 들었나? 그냥 놔두자.
꿀맛처럼 달디단 깊은 잠 즐기거라. 너에게는
어수선한 상념이 인간의 머릿속에 그려내는
상상의 산물인 그 어떤 형상이나 환영이 안 보이지.
그래서 그렇게 깊이 잠든 것이야.

포샤 등장

포샤
여보.

브루터스
포샤, 웬일이오? 왜 이렇게 일찍 일어났소?
몸도 성치 않은데 차가운 아침 공기 쏘이는 건

건강에 좋을 리가 없소.

포샤

당신한테도 마찬가지지요. 브루터스, 당신
내 침대를 슬그머니 벗어났죠? 그리고 어젯밤엔
식탁에서 갑자기 일어나, 이리저리 거닐었고요.
생각에 잠겨, 한숨도 쉬며, 팔짱을 끼고요—
그리고 무슨 일이 있느냐고 여쭈어 보았을 때,
당신은 차가운 눈초리로 저를 쳐다보았어요.
제가 다그쳐 묻자, 머리를 긁적거리시고는
조바심을 금할 수 없다는 듯 발을 구르시었지요.
제가 아무리 집요하게 캐물어도 대답을 않으시고,
노기 어린 손짓으로 당신 곁을 떠나라고 하셨지요.
그래서 당신을 혼자 남겨둔 거예요. 안 그러면,
한창 이글거리는 짜증이 더해질 것 같아서요—
모든 남자들에게 이따금 찾아드는
감정의 기복이겠거니 하는 바램을 가지고 말예요.
잡숫지도 않고, 말씀도 없고, 주무시지도 않으니—
그 정도가 심해서 당신의 성품도 예전 같지 않고,
모습도 달라지신 것 같아, 이분이 과연
내 남편 브루터스인가 싶어요. 여보,
무엇이 그토록 당신을 괴롭히는지 말씀해 주어요.

브루터스

몸이 좀 안 좋을 뿐이오. 그게 다요.

포샤
당신은 현명한 분이시라, 건강에 이상이 있으면,
그걸 되찾을 방도를 즉시 받아들이실 텐데.

브루터스
그렇게 하고 있다니까요. 여보, 다시 잠자리에 들어요.

포샤
당신 몸이 안 좋으시다면,
옷섶 풀어헤치고 걸으며 냉습한 아침 기운을
빨아들이는 게 건강에 좋은 건가요?
브루터스가 아프시다고요? 그래서 건강에 좋은 침상 벗어나,
고약한 밤기운을 무릅쓰고 음습하고 정화 안 된
대기가 그의 병 기운을 더하게끔 한다고요?
아녜요, 나의 브루터스—
당신 마음속에는 무언가 해로운 병소가 있어요.
당신의 아내라는 저의 권리와 자격으로,
그게 무언지 알아야 해요.
그리고, 이렇게 무릎 꿇고,
비록 지난날의 아름다움은 사라졌지만,
그대가 내게 준 사랑의 맹세, 그리고 우리 둘을
하나가 되게 만든 그 깨뜨릴 수 없는 서약에 걸어,
나에게—바로 그대이고, 그대의 분신인 나에게—
말해 주어요. 왜 당신 마음 무거운지—
그리고 오늘밤 당신 찾아온 사람들이 누군지—
캄캄한 밤인데도 얼굴을 가리고,

여섯 아니면 일곱 사람이 여기 왔었지요.

브루터스
무릎 꿇지는 마오, 다정한 포샤.

포샤
그대 다정한 브루터스라면, 이러지 않아도 되겠지요.
결혼의 약조에 걸어 말씀해 주어요, 브루터스.
당신에게 관련된 비밀을 내가 알아선 안 되나요? 내가
그대의 분신임은, 다만 제한된 테두리 안에서뿐이라,
식탁에나 함께 앉고, 잠자리나 같이하고,
이따금 말이나 건네는 것뿐이라고요? 당신께
쾌락이나 제공하는 싸구려 여자인가요? 그게 전부라면,
포샤는 브루터스의 갈보이지 아내는 아녜요.

브루터스
그대는 나의 진정한 영예로운 아내요.
내 무거운 가슴을 찾아드는 붉은 핏방울들
못지않게 내게는 소중하기만 한—

포샤
사실이 그렇다면, 이 비밀을 난 알아야 해요.
내가 여자인 건 사실이지요. 그렇지만 난
브루터스 님이 아내로 맞아들인 여자예요.
내가 여자인 건 사실이지요. 그렇지만 난
명성 있는 가문의 여자—케이토의 딸예요.[6]

그런 아버지, 그런 남편을 둔 내가
여느 여자들보다 강할 리 없다고 생각하세요?
비밀을 말씀해 주어요. 발설치 않을 테니까요—
내 결의를 확실하게 증명키 위해, 여기
이 허벅지에 나 스스로 칼집을 냈어요.
이 일을 참아낸 내가 내 남편 비밀 못 지킬까요?

브루터스
아, 제신들이여, 이 고결한 아내에게
부끄럽지 않은 남편이 되도록 도와주소서!

문 두드리는 소리

잠깐! 누가 문을 두드리오. 포샤, 잠시 안으로 드시오.
곧 내 가슴속 비밀을 그대에게 털어놓으리다.
내가 하고 있는 일들이 무엇인지,
왜 내 이마에 수심의 그늘이 져 있는지,
당신에게 설명해 주겠소. 서둘러 자리 비켜 주오.

포샤 퇴장

6 Marcus Porcius Cato는 씨저와 폼페이 사이에 벌어진 내란에서 후자 편을 들어 싸웠는데, Pharsalia 전투 후에도 Metellus Scipio와 함께 아프리카에서 씨저에 대한 항전을 계속했다. 전쟁에서 패하자, Cato는 생포되기 전 자결했다. 브루터스는 그의 조카이자 사위였다. 브루터스는 그의 충절을 흠모한 것으로 알려져 있다.

루씨어스, 누가 문을 두드리는 거냐?

루씨어스

병드신 분 하나가 어르신을 뵙자 합니다.

브루터스

메텔러스가 말한 케이어스 리가리어스군.
얘, 옆으로 비켜서라. 케이어스 리가리어스, 어쩐 일이시오?

케이어스

병약한 자 입에서 나오는 아침 인사 받으시오.

브루터스

아, 용감한 케이어스, 하필이면 지금
아프실 게 무어요? 병치레 아니하셨으면 좋았을 것을!

케이어스

명예라는 말이 무색지 않을 거사를
브루터스가 앞두고 있다면, 나는 병자가 아니라오.

브루터스

리가리어스, 바로 그런 거사를 하려는 참이오.
그대가 자세한 계획을 들을 준비가 되어 있다면—

케이어스

로마인들이 경배하는 모든 신들의 이름에 걸어,
나 이 자리에서 병을 떨쳐내겠소. 그대—로마의 영혼!

영예로운 허리가 출산한 고귀한 아들!
그대는, 초혼사(招魂師)인 양, 내 죽어가던 정신을
되살려내었구려. 나보고 뛰라 하면,
불가능한 일들 이룩하려 안간힘하리다.
아니, 그 이상의 것이라 할지라도. 할 일이 무어요?

브루터스
병든 사람들을 건강하게 만들 일 한 가지.

케이어스
허나 멀쩡한 사람들을 병들게 하기도 하잖소?

브루터스
그래도 할 수 없소. 케이어스, 그 일이 무언지
그 일이 행해져야 할 사람 향해 우리 가는 동안
그대에게 말씀해 드리리다.

케이어스
발 내딛으시오. 새로운 열기로 가슴 불태우며,
나 그대 좇으리다. 무언지 모를 그 일을 하기 위해—
브루터스가 인도한다는 사실만으로도 충분하오.

천둥소리

브루터스
하면, 날 따르시오.

두 사람 함께 퇴장

2막 2장

로마 ; 씨저의 저택

천둥과 번개 ; 취침 전 걸치는 옷 입은 줄리어스 씨저 등장

씨저

오늘 밤엔 하늘도 땅도 평온치가 않구나.
세 번이나 칼퍼니아가 잠 속에서 외쳤지—
"도와줘요! 저들이 씨저를 죽여요!"라고. 누구 있느냐?

하인 등장

하인

부르셨습니까?

씨저

가서, 사제들로 하여금 즉시 제물 올리고
신탁의 결과를 보고토록 하라.

하인

그리하겠나이다. 〔**퇴장**〕

칼퍼니아 등장

칼퍼니아

어떻게 하실래요, 씨저? 등청하시려오?
오늘은 집 밖으로 나가시면 안돼요.

씨저

씨저 등청할 것이오. 나를 위협하던 것들은
내 등 쪽에서만 노려보았댔소. 씨저의 얼굴을
맞닥뜨릴 수밖에 없게 되면, 그것들은 사라지오.

칼퍼니아

씨저, 난 조짐 같은 걸 믿은 적이 없어요.
그런데도 지금은 두려워요. 제 안에 있는 누구인가가,
우리가 듣고 본 그 모든 것들 말고도,
야경꾼이 목격한 끔찍한 장면들을 얘기해 준다오.
암사자 한 마리가 거리에서 새끼를 낳았고,
무덤들이 열리어 그 안에 있던 시신들이 걸어 나왔고,
사나운 전사들 구름 위에서 치열하게 싸우는데,
대오 맞추어 밀집 대형으로 포진을 한 형국이고,
거기서 흘러내리는 피 공회당을 적시고,
전투의 굉음이 대기 중에 귀 먹먹하게 울리고,
말들은 울부짖고, 죽어가는 자들 신음뿐이며,
혼령들은 비명 지르며 거리를 쏘다니었다오.
아, 씨저, 이 모든 게 예삿일이 아니오.
난 두렵기만 하다오.

씨저

막강한 권능 갖고 있는 제신들이 의도한 결말이라면
어떻게 피할 도리가 있겠소? 하지만, 씨저 등청할 것이오.
이 조짐들은 씨저뿐 아니라 온 세상에 다 해당되는 것이오.

칼퍼니아

거지들이 죽을 땐, 살별이 안 보이지요.
허나 군왕들의 죽음을 천공은 빛으로 알린다오.

씨저

비겁한 자는 실제로 죽기 전 여러 번 죽으나,
용기 있는 자는 오로지 한 번만 죽음의 맛을 본다오.
내가 여태까지 들어 본 기이한 것들 중에서
가장 납득할 수 없는 것은, 결국은 오고야 말 죽음이
올 때가 되면 올 것이라는 걸 잘 알면서도, 사람들은 그걸
두려워한다는 사실이오.

하인 등장

점쟁이들 무어라던?

하인

오늘은 외출하시지 말라고 합니다.
제물로 바칠 짐승의 내장을 꺼낼 때,
그 속에서 심장을 찾지 못하였답니다.

씨저

제신들은 비겁이 수치스러워 그러는 거야.
두려움 때문에 오늘 집 떠나지 않고 있다면,
씨저는 심장도 없는 짐승이 되는 거지.
아니야, 씨저는 그리 안 할 것이야. 위험이란 놈,
써저가 자신보다 더 위험스럽다는 걸 알고 있어.
나와 위험은 같은 날 태어난 사자들인데,
내가 손위이고 더 무섭지 — 하니 씨저 나갈 테다.

칼퍼니아

아, 여보,
자신감에 당신 분별심 잃었어요.
오늘은 집에 계세요. 당신이 아니라 제가 갖는
두려움이 당신을 집에 계시게 하는 것이라고
생각하세요. 마크 안토니를 원로원에 보내서
당신 오늘 편찮으시다고 말하게 하면 돼요.
이렇게 무릎 꿇고 비니, 제 말 들어주세요.

씨저

나 오늘 몸이 안 좋다고 마크 안토니가 전언케 하고,
그대 마음 편케 하려 나 집에 있겠소.

데씨어스 등장

여기 데씨어스 브루터스가 오는군. 이 사람이 전하면 돼.

데씨어스

건안 축수! 존경하는 씨저, 아침 문안 드리오.
나 귀하를 원로원까지 모시고 가려 왔소.

씨저

귀공께서 마침 때맞추어 잘 오셨소.
원로원 의원 제위께 내 인사말 전해 주시고,
나 오늘 등청치 않겠다는 것도 알려 주시오.
'할 수 없다'도 아니고, '못하겠다'는 더욱 아니오.
나 오늘 갈 의사가 없소. 그리 전하시오, 데씨어스.

칼퍼니아

편찮으시다고 말씀하세요.

씨저

씨저가 거짓말을 보내? 정벌군 이끌고
위세를 멀리까지 떨친 내가, 수염 허연 자들에게
사실대로 말하길 두려워해? 데씨어스,
가서 씨저 가고 싶지 않다고 전언하오.

데씨어스

강력무비한 씨저, 내가 그렇게 말했을 때
웃음거리 되지 않도록, 그 이유나 말씀해 주시오.

씨저

이유는 내 의지에 있소. 가고 싶지 않을 뿐이오.

그 말 한마디면 원로원을 만족시키기에 충분하오. 허나
나 그대를 좋아하기에, 그대의 궁금증을 풀어 주려 말해 주겠소.
여기 내 아내 칼퍼니아가 나보고 집에 있으라 하는구려.
아내가 간밤에 꿈을 꾸었는데,
마치 일백 개의 분출구 있는 분수처럼, 내 석상이
피를 뿜었다는 거요. 허고, 숱한 로마 사나이들
얼굴에 웃음 띠고 와서는, 그 피에 손을 적시더라는 거요.
그런데 내 아내는 이걸 가지고, 경고이며 조짐이고
닥쳐오는 재앙이라 보는 거요. 무릎 꿇고 빌며,
나보고 오늘은 집에 있으라고 하는구려.

데씨어스

이 꿈은 완전히 잘못 풀이되었소.
참으로 길하고도 행운을 알려 주는 계시였소.
장군의 석상이 여러 구멍에서 피를 뿜어냈다는 것은—
수많은 로마인들이 웃음 지으며 손을 적셨다 하니—
그대로부터 위대한 로마가 그 활력 되찾을 피를
빨아들이리라 의미하는 것이요, 또한 범상치 않은 사람들
그대의 각인, 흔적, 유품, 인증 위해 몰려들 것이라는 것도—
칼퍼니아의 꿈이 의미하는 것은 바로 이거요.

씨저

그대의 설명 설득력 있게 들리오.

데씨어스

내 말을 그대가 알아들었을 때 그렇지요.

그리고 알고 계시오. 원로원이 오늘 막강한 씨저가
대관(戴冠)의 절차를 밟도록 하기로 결정하였소.
장군께서 오늘 참석하지 않겠다는 전언을 보내면,
그들의 마음이 변할지 모르오. 그건 그렇고, 누군가가
"씨저의 부인께서 더 좋은 꿈을 꾸실 때까지
원로원 회의 개최를 연기합시다"라고 하며
비아냥거리는 말로 응수할지도 모를 일이오.
씨저가 몸을 숨기면, 이렇게 수군거리지 않겠소?
"봐, 씨저가 겁먹었잖아—"
씨저, 용서하시오. 나 그대가 잘되어 가는 걸
보고픈 마음에 이런 말까지 하게 되는구려.
분별심도 우정 앞에선 무력한가 보오—

씨저

칼퍼니아, 당신 공연한 걱정했잖소.
나 그대 말 따르려 한 것 부끄럽구려.
내 겉옷 가져오시오. 나 갈 것이니—

브루터스, 케이어스 리가리어스, 메텔러스, 카스카, 트레보니어스, 씨나, 퍼블리어스 등장

퍼블리어스도 날 데리러 왔구먼.

퍼블리어스

잘 주무셨소이까, 씨저.

씨저

잘 왔소, 퍼블리어스. 아니, 브루터스, 자네도
이렇게 일찍 나섰나? 안녕하시오, 카스카.
케이어스 리가리어스, 그대를 수척하게 만든 학질만큼도
씨저가 그대의 적이었던 적은 없소. 지금 몇 시인가?

브루터스

씨저, 여덟 시를 쳤습니다.

씨저

그대들의 노고와 정중함에 감사하오.

안토니어스 등장

보게나. 밤새 질펀하게 즐기던 안토니도
일어나서 예 왔구먼. 잘 잤나, 안토니.

안토니어스

씨저께도 아침인사 드립니다.

씨저

안에 마실 것이나 준비하라고 이르게.
이렇게 기다리시게들 해서 미안하오.
자, 씨나, 그리고, 메텔러스, 아, 트레보니어스도.
그대와 나누고 싶은 이야기가 많은데, 오늘 꼭 나를
찾아 주시오. 그대를 기억하도록 내 가까이 있으오.

트레보니어스

씨저, 그러겠소. 〔**방백**〕 가까이 있어 주마.
네 절친한 친구들이, 내가 좀 멀리 떨어져 있었으면 싶도록—

씨저

여러분들, 들어가서 나와 포도주나 한잔 합시다.
그런 다음에, 친구들답게, 곧 함께 가십시다.

브루터스

〔**방백**〕 아, 씨저, 그 "답게"라는 말 "참된"이 아니구려.
닥칠 일 생각하면, 브루터스의 가슴 쓰리기만 하오.

모두 퇴장

2막 3장

로마 공회당 근처의 거리

아테미도러스 편지를 읽으며 등장

아테미도러스

“씨저, 브루터스를 경계하시오. 캐씨어스를 조심하시오.
카스카 가까이 가지 마시오. 씨나에게서 주의의 눈길을 떼지 마시오.
트레보니어스를 믿지 마시오. 메텔러스 씸버를 눈여겨보시오.
데씨어스 브루터스는 그대를 좋아하지 않소. 그대는 케이어스 리가리어스를
욕보였소. 이 모든 자들은 한마음뿐인데, 그건 씨저에 대한 적의요.
그대가 불사신 아니라면, 주위를 살피시오. 방심은 음모에게 길을 터준다오.
권능 소유하신 신들께서 그대를 지켜주시기를!
그대를 흠모하는 아테미도러스.”
씨저가 지나갈 때까지 여기 서 있다가,
청원하는 자인 양 이걸 전해 드려야지.
남아의 덕목이 시기하는 자들의 악의를 벗어나
번영할 수 없다는 것은 가슴 아픈 일이야.
아, 씨저, 그대가 이걸 읽으면, 살아남을지도 몰라.
그렇잖으면, 운명의 여신들 역도들과 함께하는 거야. 〔**퇴장**〕

2막 4장

브루터스의 집 앞

포샤와 루씨어스 등장

포샤

얘, 어서 원로원으로 달려가거라.
말대꾸하려 지체하지 말고, 어서 가.
왜 머무적거리는 거야?

루씨어스

제 할 일이 무언지 알려고요, 마님.

포샤

거기 가서 무얼 해야 하는지 말해 주기도 전에
네가 그리 달려갔다가 다시 오게 할 뻔했구나.
아, 평온한 마음이여, 내 곁에 굳게 있어다오.
내 가슴과 혀 사이에 거대한 산을 놓아다오.
내 마음은 남자 같되, 힘은 여자에 불과하구나.
여자가 비밀을 지키는 것 참으로 어렵구나.
너 아직 여기 있어?

루씨어스

마님, 제가 할 일이 무어죠?

공회당으로 달려가선, 아무것도 안 해요?
그냥 마님한테 돌아오면, 그게 다예요?

포샤
그래, 네 주인어른 괜찮으신지 보고 와.
나가실 때 편찮으셨거든 — 그리고 눈여겨봐.
씨저가 무얼 하는지 — 어떤 청원자들이 몰려드는지 —
잠깐, 애, 저거 무슨 소리니?

루씨어스
아무것도 안 들리는데요, 마님.

포샤
잘 들어 봐. 전쟁터에서 들릴 것 같은 으스스한
소란 소리가 바람결 타고 공회당 쪽에서 오잖아.

루씨어스
정말, 마님, 아무 소리도 안 들리는데요.

예언자 등장

포샤
당신, 이리 와요. 어디서 오는 길예요?

예언자
제 집에서입죠, 마님.

포샤
지금 몇 시예요?

예언자
아홉 점쯤 됐을 겁니다, 마님.

포샤
씨저는 공회당에 도착했나요?

예언자
아직은요, 마님. 씨저가 공회당 가는 길에
만날 요량으로 길목 지키려고 가는 길입죠.

포샤
씨저한테 청원할 일이 있는 모양이죠?

예언자
그렇습죠, 마님. 씨저가 제발 내 말에
귀 기울일 마음이 들면 좋을 텐데—
자기를 잘 돌보라고 간청할 겁니다.

포샤
아니, 누가 씨저를 해하려 한대요?

예언자
확실히는 모르지만, 걱정되는 일 일어날지 모릅니다.
안녕히 계십시오. 여기는 길이 좁군요.

원로원 의원들, 집정관들, 청원하려는 사람들,
이렇게 씨저 뒤를 따르는 무리가 길을 메워,
저처럼 맥없는 놈 숨통 막힐 겁니다. 좀 넓은 장소로
자리를 옮겨, 위대한 씨저 지나갈 때 말씀드려야지요. 〔**퇴장**〕

포샤

들어가야겠어. 이런, 여자 심장은 약하기도 해.
아, 브루터스, 당신 하시려는 일 하늘이 도우실 거예요.
그래, 저 애가 내 말 들었어. 씨저가 들어줄 리 만무한
청원을 브루터스가 하려고 해. 아, 쓰러질 것 같아.
루씨어스, 달려가서 주인어른께 말씀 전해 올려.
난 쾌활한 모습이고 다시 내게 오시라고—
어르신께서 무어라 하시는지, 돌아와 들려다오.

각기 다른 출구로 퇴장

3막 1장

로마 ; 공회당 앞

주악

씨저, 브루터스, 캐씨어스, 카스카, 데씨어스, 메텔러스 씸버, 트레보니어스, 씨나, 안토니, 레피더스, 아테미도러스, 퍼블리어스, 포필리어스, 예언자 등장

씨저

삼월 십오일이 왔구먼.

예언자

그렇지요, 씨저, 하지만 가지는 않았지요.

아테미도러스

씨저, 강녕 비오. 이 서찰 읽어 보시오.

데씨어스

시간 나실 때 이 청원서 읽어 보시기를 트레보니어스 간곡히 소청한다 합니다.

아테미도러스

아, 씨저, 내 서찰 먼저 읽으시오. 이건 씨저에게 더 막중한 내용이라오. 씨저 장군, 읽어 주시오.

씨저

내게 관련되는 건 나중에 볼 것이오.

아테미도러스

미루지 마시오, 씨저. 즉시 읽으시오.

씨저

아니, 이 친구 미쳤나?

퍼블리어스

이봐, 비켜.

캐씨어스

아니, 길거리에서 청원서를 내밀어? 공회당으로 와.

씨저와 그 밖의 사람들 원로원에 든다.

포필리어스

오늘 하시려는 일 잘되길 바라오.

캐씨어스

무슨 일 말씀이오, 포필리어스?

포필리어스

자, 그럼. 〔**캐씨어스 곁을 떠나 씨저에게 간다**〕

브루터스

포필리어스 레나가 무어랍디까?

캐씨어스
오늘 우리 일이 잘 성사되길 바랍니다.
우리 계획이 탄로 난 건 아닌지 모르겠소.

브루터스
보시오, 씨저한테 다가가는구려. 보시오.

캐씨어스
카스카, 빨리 하시오. 일이 잘못될지 모르오.
브루터스, 어떻게 해야 하오? 일이 탄로 나면,
캐씨어스든 씨저든 돌아올 수 없는 거요.
나 자결하고 말 테니까—

브루터스
캐씨어스, 마음 가라앉히시오.
포필리어스 레나 우리 계획 말하고 있진 않소.
보시오, 웃음 짓고 있고, 씨저 또한 그대로요.

캐씨어스
트레보니어스가 때맞추어 움직이는구려.
브루터스, 보시오, 마크 안토니를 끌어내는구려.

안토니와 트레보니어스 퇴장

데씨어스
메텔러스 씸버 어디 있소? 다가가서

곧바로 씨저에게 청원서를 내밀도록 해요.

브루터스
준비돼 있소. 바싹 다가가 뒤따르시오.

씨나
카스카, 당신이 제일 먼저 손 올리는 거요.

씨저
준비 다 되었소? 씨저와 그가 통솔하는
원로원이 바로잡아야 할 문제 있다면 무엇이오?

메텔러스
존귀하고 권능무변, 강력무쌍하신 씨저, 〔**무릎 꿇으며**〕
메텔러스 씸버는 장군 앞에 겸허한 충정 바치오며—

씨저
씸버, 그쯤 해 두오. 이런 굽실거림이나 비굴한 태도는
보통 사람들의 피를 뜨겁게 달아오르게 하여,
애초에 결정되고 법령으로 굳어진 결의사항을
어린아이들 하듯 뒤집을지 모르오. 어리석게도,
씨저의 성정이 올곧지 못해, 바보들이나 녹일 언행으로
정도(正道)를 벗어나게 만들 수 있다고 생각지 마오.
이를테면, 듣기 좋은 말, 비루한 굽실거림,
개가 꼬리 살랑대는 것 같은 아첨 말이오.
그대의 아우는 법의 결정에 따라 추방되었소.

그대가 굽실거리고 애원하고 아유를 하여도,
나 그대를 개처럼 발길질해서 물리치겠소.
알아 두시오. 씨저는 부당한 일 하지도 않고,
이유 없이 마음먹은 대로 행하지도 않소.

메텔러스
추방당한 내 아우 사면되도록,
위대한 씨저의 귀에 거슬리지 않는 말씀 들려줄,
나보다 지체 높은 분 아니 계시오이까?

브루터스
그대 손에 입 맞추오, 씨저. 아첨이 아니라,
퍼블리어스 씸버를 즉시 사면하시길 바라는 마음에서요.

씨저
무엇이라고, 브루터스?

캐씨어스
관용 베푸시오, 씨저. 씨저, 관용을요.
이렇게 장군 발 앞에 캐씨어스 엎드려
퍼블리어스 씸버 방면해 주시길 비오.

씨저
내가 그대들 같다면, 마음이 움직일지 모르겠소.
내가 남에게 소청할 사람이라면, 소청이 날 움직일지 모르오.
허나, 나는 북극성처럼 변함이 없으니,

요지부동 별자리 지키고 동요 없음에는
그와 비견할 짝패 있을 수 없는 것이오.
하늘은 헤아릴 수 없이 많은 반짝임으로 가득하고,
그 모두가 불이요, 하나하나가 빛을 내오.
허나, 그 중 오로지 하나만이 제자리를 지키오.
이 세상도 그러하오. 세상엔 출중한 사람들 많고,
인간은 육신을 가졌으되 이성 또한 갖추고 있소.
허나, 그 많은 중에 공략할 수 없게 자신의 위치 지키며
흔들림 없는 자 하나밖에 없고, 그게 바로 나라는 것을
바로 이 문제 하나로 보여주고자 하오. 씸버 추방할 것을
나 변함없이 주장했고, 내 결정은 불변이오.

씨나

아, 씨저—

씨저

비켜! 올림퍼스를 들어 보겠다고?

데씨어스

위대하신 씨저—

씨저

브루터스 헛되이 무릎 꿇는 것 아냐?

카스카

말보단 손이야!

모두 달려들어 씨저를 찌른다.

씨저

브루터스, 너마저? 허면, 씨저 쓰러질밖에! 〔**죽는다**〕

씨나

해방이다! 자유다! 폭정은 끝났다!
달려 나가 선포하라, 거리마다에서 외쳐라!

캐씨어스

누가 연단에 올라가 외치시오.
"해방이다, 자유다, 굴레 벗어났다!"라고—

브루터스

여러분, 원로원 의원님들, 두려워 마시오.
도망가지 마시오. 자리 지키시오. 야망의 빚 갚은 거요.

카스카

연단에 서시오, 브루터스.

데씨어스

캐씨어스도.

브루터스

퍼블리어스는 어딨소?

씨나

여기요—이 변란에 얼이 빠졌소.

메텔러스

꼭 붙어 섭시다. 씨저 패거리 중의 누군가가 혹시—

브루터스

붙어 서는 게 무어요? 퍼블리어스, 기운 내시오.
아무도 그대를 해치진 않을 테니까—다른 로마인
어느 누구도 마찬가지요. 그렇게 전해주오, 퍼블리어스.

캐씨어스

그리고 자리를 떠요, 퍼블리어스. 혹시 군중이
우리들한테 몰려들 때, 연로한 그대를 다치게 할지 모르니—

브루터스

그리하시오. 그리고 이 일은 전적으로 우리가 책임질 거요.

트레보니어스 등장

캐씨어스

안토니는 어디 있어?

트레보니어스

놀라서 자기 집으로 도망쳤소. 남자고 여자고 아이들이고 할 것 없이,
멍해서, 소리치고, 난리야—마치 세상의 종말이 온 듯 말이오.

브루터스

운명의 여신들이여, 어찌할 건지 알고 싶소.
우리가 죽으리라는 건 알고 있소. 그게 언제가 될지
모르면서 근근이 하루하루 넘기며 사는 것일 뿐.

카스카

그렇소. 이십 년 일찍 죽는 사람은
죽음 두려워하는 세월 그만큼 줄이는 거외다.

브루터스

그렇게 보면, 죽음은 바람직한 거요.
그러니 죽음 두려워할 기간을 줄여 주었으니,
우린 씨저의 벗들인 셈이오. 자, 로마인들이여, 수그리시오,
수그려서 우리들 손을 씨저의 피에 담가 팔뚝까지
흥건히 적시고, 우리 비수 또한 피범벅을 만듭시다.
그리곤 우리 시장까지 함께 걸어 나가,
피 흥건한 단검을 머리 위에 쳐들어 흔들면서,
함께 이렇게 외칩시다. “평화다, 자유다, 해방이다!”

캐씨어스

자, 수그려 피로 씻읍시다. 얼마나 오랜 세월 흘러도,
아직 생겨나지 않은 나라에서, 우리 아직 알지 못하는 말로,
우리의 이 숭고한 장면 되풀이하여 무대에 재현될 것인가!

브루터스

지금은 흙보다 나을 것 없이, 폼페이 석상 발치에

늘어져 있는 씨저 — 얼마나 자주 연극 속에서 피 흘릴 것인가!

캐씨어스
그런 일 있을 때마다, 이 거사에 마음 모은 우리들은
자신의 조국에 자유 안겨준 사나이들로 불릴 거외다.

데씨어스
그럼, 우리 걸어 나갈까요?

캐씨어스
그렇소. 하나도 빠짐없이 —
브루터스 앞장서시고, 우리는 그의 뒤를 따르며
로마인의 강인한 정신과 진정한 충정을 보입시다.

하인 등장

브루터스
잠깐, 누가 오는가? 안토니의 수하로군.

하인
브루터스 님, 제 주인께서 이렇게 무릎 꿇으라셨습니다.
마크 안토니께서 저보고 이렇게 몸 낮추라 하셨습니다.
그리고는, 엎드려서 이렇게 여쭈라 하셨습니다.
브루터스는 고결하고, 현명하며, 용감하고, 명예로우신 분.
씨저는 강력하고, 담대하며, 제왕답고, 다정하셨던 분.
나 브루터스를 경모하고, 그분을 존경한다 여쭈어라.

나 씨저를 경외했고, 존경했으며, 흠모했다 여쭈어라.
안토니가 안심하고 브루터스에게 가, 어찌하여 씨저가
죽어 누워야 했는지 그 연유라도 듣기를 허락한다면,
마크 안토니는 살아 있는 브루터스를 존경하는 만큼
돌아가신 씨저에 연연치 않을 것이며, 진정한 믿음으로
고매한 브루터스와 시운을 함께하면서, 이 어지러운
시국의 위험을 무릅쓰겠다. 제 주인 안토니의 말씀입니다.

브루터스
자네 상전은 현명하고 용감한 로마인이지.
그렇지 않다고 생각한 적 한 번도 없네.
말씀드리게. 마음 내키면 여기에 와서
하고 싶은 대로 하시라고. 내 명예를 걸고,
무사히 이 자리를 떠날 수 있도록 함세.

하인
곧 모셔 오겠습니다. 〔**퇴장**〕

브루터스
우리와 동조할 것이라 믿네.

캐씨어스
그랬으면 좋겠소. 헌데, 왠지 난 그자가
꺼림칙해. 허고, 내 의구심은 늘 어김없이 적중했다오—

안토니 등장

브루터스

여기 안토니가 오는군. 잘 왔소, 마크 안토니.

안토니

아, 씨저 장군! 이토록 바닥에 누워 계십니까?
장군께서 성취하신 정복과, 영광과, 승전과, 전과 — 그 모두가
이 좁은 면적으로 줄어들고 말았소이까? 안녕히 가십시오.
여러분, 그대들이 뜻하는 바를 나는 모르오 —
또 누가 처형되어야 하고, 누가 피를 흘려야 하는지.
그게 바로 나라면, 씨저가 숨을 거두신 이 순간보다
더 적합한 때 없으리다. 온 세상 통틀어 가장 고귀한
피로 적시어 값지게 된, 그대들 손에 들려 있는 칼의
절반만큼이나 존귀한 처형의 도구는 다시없으리다.
그대들 내게 적의를 품고 있다면, 나 이렇게 청원하오.
바로 지금 — 그대들 손에서 피 내음과 온기가 사라지기 전 —
그대들 뜻대로 하라고 —. 내 비록 천년을 산다 한들,
이토록 기꺼이 죽을 준비되어 있을 순간 또 없으리다.
이 시대의 정화요, 으뜸가는 정신의 소유자이셨던
씨저 — 그분께서 숨 거두신 이 장소, 그분께서 목숨 잃으신
그 상황보다, 나를 더 영광되게 할 것은 달리 없소이다.

브루터스

아, 안토니, 우리에게 죽음을 달라 마오.
우리의 피 묻은 손과 우리가 저지른 이 행위만 보면,
우리가 잔혹하고 무자비한 자들로 보이겠지만,
그대의 눈에 보이는 건 우리의 손과 그 손이 행한

잔인한 짓일 뿐—그대는 우리 가슴을 보지 못하고 있소.
우리 가슴은 연민으로 가득하다오.
로마가 겪은 총체적 고통—그에 대한 연민이
씨저에게 이런 일 저지르게 만들었소.
불이 불을 제압하듯, 연민은 연민을 몰아낸 것이오.
마크 안토니, 우리는 그대를 향해 칼날 세운 적 없소.
적의에 찬 듯 보일지 모를 두 팔 벌려,
그러나 형제의 정 넘치는 가슴으로,
그대를 진정과 선의와 존중심을 다해 받아들이겠소.

캐씨어스

새로운 주요한 안건을 처리함에 있어, 그대 의견은
그 누구의 것 못지않은 무게 지닐 것이오.

브루터스

두려움으로 제정신이 아닌 저 군중을
달래어 가라앉힐 때까지 참고 기다려 주시오.
그런 연후에, 씨저를 찌르는 순간에도
그를 사랑했던 내가, 왜 이 일을 저질렀는지,
그 연유를 그대에게 말해 주겠소.

안토니

그대의 현명함을 나는 의심치 않소.
한 분 한 분 피 묻은 손을 내게 건네시오.
제일 먼저, 마커스 브루터스, 그대 손잡겠소.
그 다음엔, 케이어스 캐씨어스, 그대 손도.

자, 데씨어스 브루터스, 당신도. 다음엔 메텔러스.
당신도, 씨나. 그리고, 용감한 카스카, 당신도. 마지막으로,
다른 분 못지않게 소중한 트레보니어스, 그대도.
모두 훌륭한 분들—아, 내 무어라 해야 하나?
내 사람 값어치는 이제 미끄러운 바닥에 서 있게 됐으니,
그대들은 나를 둘 중 하나로 볼 수밖에 없을 거요.
비겁한 자, 아니면 아첨꾼이라고—
나 그대를 흠모했던 건—아, 씨저—그건 사실이요!
만약 장군의 영혼이 지금 우리를 내려다보고 계시다면,
장군 자신의 죽음보다도, 장군 모시던 안토니가
이자들의 피 묻은 손가락 잡고 화해하는 꼴이
더 가슴 아프시지 않으오리까? 더군다나, 장군,
그대 시신이 누워 있는 바로 이 자리에서?
장군 몸에 난 상처만큼이나 많은 눈깔이 제게 있어,
거기서 뿜어 나오는 피만큼이나 눈물을 쏟았다면,
장군의 적들과 우애를 다지며 화해하는 것보다
훨씬 저에게 합당한 노릇이었겠지요. 줄리어스,
용서해 주십시오. 여기까지 몰리셨군요—사냥감처럼.
여기서 쓰러지셨군요. 여기 당신 쫓던 사냥꾼들
그대 도륙 끝내고 그대 피로 범벅이 되어 서 있고.
아, 넓은 세상이여, 이 사슴에겐 뛰놀 숲 같았어라.
그리고 당신—아, 세상의 중심에 위치한 가슴—
당신께선, 사슴처럼, 숱한 귀인들의 가격을 받고
여기 누워 계시군요.

캐씨어스
마크 안토니 —

안토니
용서하시오, 케이어스 캐씨어스.
씨저의 적들이라 할지라도 이런 말은 할 것이오.
하물며, 친구가 하기엔, 차갑게 억제된 말 아니겠소?

캐씨어스
씨저를 예찬하는 걸 탓하는 게 아니오.
우리들과 어떤 제휴를 하려는 것인지 알고 싶을 뿐이오.
우리 동지의 한 사람으로 믿어도 되겠소이까?
아니면, 그대의 참가 여부에 관계없이, 일을 추진하리까?

안토니
나 그래서 그대들 손을 잡았던 것이나,
씨저 누워 있는 모습을 보고 마음이 흔들렸던 것이오.
나 그대들과 뜻을 같이하고, 그대들을 아끼오.
다만, 어찌해서, 어떤 면에서, 씨저가 위험한 존재였는지
그대들이 내게 그 연유를 밝혀줄 것이란 조건으로 말이오.

브루터스
그렇잖았다면, 이건 야만스런 살육일 뿐이었을 거요.
우리의 명분은 그 대의가 뚜렷하였기에, 안토니, 만약 그대가
씨저의 아들이었더라도, 납득하였으리다.

안토니

내가 원하는 건, 바로 그것뿐이오.
그리고 또 하나—씨저의 시신을 저자거리로 옮기어,
그분의 친구답게, 연단에 서서, 장례의 조사를 하는 것—

브루터스

그리하시오, 마크 안토니.

캐씨어스

브루터스, 드릴 말씀이 있소.
〔**브루터스에게**〕 지금 무얼 하는지 모르시는 것 같소. 안토니가 장례식에서 연설하는 걸 허용해선 안 되오. 저자가 하는 말에 사람들이 얼마나 동요할 수 있는지 모르신단 말씀이오?

브루터스

용서하오.
내가 먼저 연단에 설 것이오.
그리고는 왜 씨저가 죽어야만 했는지
그 이유를 설명해 줄 거요. 안토니가 무슨 말을 하든,
그 모두가 우리의 허락을 받고 하는 말이라는 사실을
분명히 해 둘 것이오. 그리고 씨저를 위한
모든 의례와 예우를 허용하였다는 사실이
우리에게 해보다는 오히려 득이 될 것이오.

캐씨어스

무슨 일이 생길지 알 수 없소. 내키지 않소.

브루터스

마크 안토니, 자, 씨저의 시신을 옮기시게.
조사를 하는 중에 우리들을 비난해서는 아니 되고,
다만 씨저에 대한 찬사를 마음껏 들려주어도 좋네.
그 모두가 우리 허락을 받아 하는 것임을 밝히고—
그렇게 하지 않으면, 씨저 장례식에 참석지 못할 걸세.
그리고 내가 먼저 말을 마치고 난 뒤, 바로 그 연단에
자네가 올라가 말을 하시게.

안토니

그렇게 하겠습니다.
더 이상은 바라지 않겠습니다.

브루터스

자, 그럼, 시신을 거두어 우리를 따르시게.

안토니만 남기고 모두 퇴장

안토니

아, 피 흘리는 육신이여, 이 도살자들을
다소곳하고 부드럽게 대하는 것을 용서해 주오.
모든 시대를 통틀어 이제껏 살았던 사람들 중
그 유례를 찾을 수 없이 고귀하셨던 분의 폐허—
이 고결한 피 흐르도록 한 손에 저주 있으리!
말 못하는 입처럼 붉은 입술만 벌리고,
내 혀를 빌려 그 하고픈 말 해달라고 애원하는,
그대의 상흔에 걸어 내 예언하노니,

인간의 사지(四枝)에 저주 있으리오.
살기등등한 집안싸움과 치열한 내분이
이탈리아 나라 전체를 휩쓸 것이오.
유혈과 파괴가 친숙한 것이 되고,
끔찍스런 정광 또한 낯설지 않게 되어,
전쟁의 손길에 그네들 자식들 난도질당하는 걸
보면서도, 어미들은 기껏해야 미소 지을 것이며,
잔혹한 행위에 익숙해지어, 연민의 정 사라지고,
복수를 갈구하며 헤매는 씨저의 영혼은
지옥에서 곧바로 온 불화의 여신 아테를 곁에 거느리고,
이 영토 안에 울려 퍼지는 군왕의 음성으로
중단 없는 살육을 명하고 전운(戰雲) 모는 개들을 풀어,
이 극악무도한 행위 그 악취를 땅 위에 퍼뜨리게 하리라.
묻어달라고 애원하는, 썩어가는 시신들로—

옥테이비어스의 종복 등장

자네 옥테이비어스 씨저를 모시는 자 아닌가?

하인

그러합니다, 마크 안토니 님.

안토니

씨저께서 그분께 로마로 오라는 서신 보내셨지.

하인

그 서신을 받고 오시는 길이옵고,

저보고 구두로 직접 장군께 여쭈라고 분부—
아, 씨저!

안토니

자네 가슴도 슬픔에 넘칠 테니, 좀 떨어져 울게나.
자네 눈에 슬픔의 표징이 방울방울 맺히는 걸 보고,
내 눈도 다시 젖기 시작하니, 슬픔 헤어나기 어렵군.
자네 주인은 오고 계시는가?

하인

오늘밤은 로마에서 일곱 마장 떨어진 곳에 진을 치실 것이옵니다.

안토니

서둘러 돌아가, 무슨 일 일어났는지 아뢰게.
슬픔에 잠긴 로마, 위험천만한 로마, 아직은
옥테이비어스에게 안전하지 않은 로마라고 말이야.
서둘러 가서 그리 말씀드리게. 아니, 잠깐 기다려.
내가 이 시신을 시장 광장으로 옮겨 놓을 때까지,
아직 돌아가선 안 돼. 거기서 난 연설 한판 해서,
이 무자비한 인간들이 저지른 잔인한 행위를
사람들이 어떻게 받아들이는지 가늠해 볼 것이야.
그 귀추가 어떤 것인지에 따라, 자네는
젊은 옥테이비어스에게 사태를 보고하게.
자, 좀 도와주게.

씨저의 시신 옮기며 두 사람 퇴장

3막 2장

로마의 공공 광장
브루터스와 캐씨어스, 평민들 무리와 함께 등장

시민들
어찌 된 일인지 알아야겠소. 해명하시오.

브루터스
그러면 날 따라와, 내 말 들으시오, 여러분.
캐씨어스, 저쪽 길로 가시오.
그래서 청중을 가릅시다.
내 말 듣고 싶은 사람들은 여기 남도록 하고,
캐씨어스를 따라가고 싶은 사람은 그와 함께 가시오.
그런 다음에 씨저 죽음의 공적 이유를 설명해 주겠소.

시민 1
난 브루터스 말 들어 보겠네.

시민 2
난 캐씨어스 말을— 저 두 사람 말을
따로따로 들어 보고 난 뒤에, 서로 비교해 보자고.

캐씨어스, 시민들 몇 명과 함께 퇴장

시민 3

고매한 브루터스 연단에 올랐소. 조용들 해요.

브루터스

끝까지 참고 들으시오.
로마인들이여, 동포여, 벗들이여, 나를 보아 내 말 들으시오.
그리고 내 말 들을 수 있도록, 조용히 해 주시오.
내 명예를 보아 내 말 믿어 주고, 내 말 믿기 위해서,
나 명예로운 자임을 잊지 말아 주오. 그대들 슬기로
나를 심판하되, 그대들의 심판이 올바른 것일 수 있도록,
그대들의 이성(理性)을 일깨우시오. 여기 모인 사람들 중,
씨저에게 다정한 친구 하나 있다면, 나는 그에게 이렇게 말하겠소.
씨저를 향한 브루터스의 사랑은 그의 것 못지않았다고.
그렇다면, 왜 브루터스가 씨저에게 반기 들었느냐고 그가 묻는다면,
이것이 나의 대답이오. 내가 씨저를 덜 사랑한 것이 아니라, 로마를
더 사랑했기 때문이라고. 씨저 죽어 모두 자유인으로 사는 것보다,
씨저 살고 모두가 노예로 죽는 걸 원하시오? 씨저 나를 사랑했기에,
나 그를 위해 우오. 그가 행운아였기에, 나 기쁘다오. 그가 용감했기에,
나 그에게 영예를 돌리오. 허나, 그가 야망을 가졌기에, 나 그를 죽였소.
그를 사랑했기에 눈물짓고, 그의 행운을 기뻐했고,
그의 용맹을 예찬했소. 허나, 야망에 대해선 죽음뿐이오.
노예 되기를 마다하지 않을 비열한 자 예 있소?
있으면, 말하오. 나 그에게 잘못했소.
로마인 되기를 꺼려하는 우매한 자 예 있소?

있으면, 말하오. 나 그에게 잘못했소.
조국을 사랑하지 않을 정도로 비열한 자 예 있소?
있으면, 말하오. 나 그에게 잘못했소.
대답 기다리고 잠시 멈추겠소.

시민들
없소, 브루터스, 없소.

브루터스
허면 내 아무에게도 잘못한 게 없소. 나는 씨저에게,
그대들이 브루터스에게 할 수 있는 것 이상을 하지는 않았소.
그의 죽음이 왜 필요하였는지는 공회당 문서철에 등재되어 있소.
그가 값진 일 성취하였을 때 그에게 주어진 영광을 축소치도 않고,
그를 죽게 만든 그의 잘못이 무엇인지 부당하게 과장함도 없이 말이오.

마크 안토니, 씨저의 시신 운구하여 등장

여기 그의 시신이 오고 있소. 애도하며 뒤따르는 마크 안토니 — 그가
씨저의 죽음에 관여치는 않았으나, 씨저의 죽음이 가져올 혜택은
받게 될 거요. 공화정에 참여할 기회 말이오. (그대들에게는 아니 그렇소?)
나 이 말을 하면서 자리를 뜨겠소. 로마를 위해, 내가 가장 소중한 친구를
죽인 것처럼, 나의 조국이 나의 죽음을 필요로 한다면,
씨저 죽인 바로 이 단검이 내게 준비돼 있다고 말이오.

시민들
죽지 마시오, 브루터스, 살아요, 살아!

시민 1

저분 댁에까지 환호하며 모셔 갑시다.

시민 2

저분 선대와 함께 석상 세워 드립시다.

시민 3

저분을 씨저로 받듭시다.

시민 4

씨저보다 더한 영광을 브루터스에게 바칩시다.

시민 1

환호갈채하며 저분 댁까지 모셔 갑시다.

브루터스

동포 여러분—

시민 2

쉬! 조용히! 브루터스 말씀하신다.

시민 1

자, 조용히!

브루터스

시민 여러분, 나 혼자 가게 해 주시오.
그리고, 나를 위한다면, 여기 안토니와 함께 있으시오.

씨저의 시신에 경의를 표하고, 씨저의 영광을 기리는
조사를 경청해 주시오. 마크 안토니가
우리들의 허락을 받아 하는 것이오.
내 간곡히 원하오만, 한 사람도 자리를 뜨지 마오—
나 말고 말씀이오—안토니가 말 끝낼 때까지. 〔**퇴장**〕

시민 1

자, 우리 남아서, 마크 안토니 말 들어 봅시다.

시민 3

연단에 오르게 합시다. 들어 봅시다. 안토니, 오르시오.

안토니

브루터스 덕분에—고맙소이다.

시민 4

브루터스가 어쨌다고?

시민 3

이 사람 말은, 브루터스 덕분에, 우리한테 고맙다네.

시민 4

브루터스에 대해 말 함부로 하지 않는 게 좋을걸!

시민 1

이 씨저란 자 폭군이었어.

시민 3

그럼, 확실하지. 로마에서 그자 없어진 것 다행이야.

시민 2

조용! 안토니가 하는 말 들어 보자구.

안토니

로마 시민 여러분—

시민들

조용히 해요! 들어 봅시다.

안토니

친구들이여, 로마인들이여, 동포여, 내 말 들어주시오.
나는 씨저 장례 지내려 왔지, 칭찬하려 온 것 아니오.
인간이 저지르는 잘못은 죽은 뒤에도 기억되고,
잘한 일은 시신과 함께 묻혀 버리고 마는 것이오.
씨저의 경우도 다를 수 없겠지요. 고매하신 브루터스께서
씨저에게는 야심이 있었다고 말씀하셨소.
사실이 그러했다면, 그건 참으로 안된 일이었고,
씨저는 그에 대해 무거운 죄값을 치르었소.
여기서, 브루터스와 나머지 분들의 허락을 받아,
(브루터스는 영예로운 분이시고, 마찬가지로,
그 밖의 다른 분들, 모두가 영예로운 분들이신데)
나 여기 씨저의 장례식에 한 말씀 드리려 왔소.
씨저는 내게는 벗이었소—의리 있고 공정한 벗.

그런데 브루터스는 씨저에게 야심이 있었다 하오.
그리고 브루터스는 명예로운 분이오.
씨저는 로마로 귀환하며 많은 포로들을 데려왔고,
그들의 몸값은 국가 재정에 큰 보탬이 되고는 했소.
이것이 씨저를 야심찬 사람으로 보이게 한 걸까요?
가난한 사람들 울 때면, 씨저 또한 울었소.
야심이란 이보다는 매몰찬 마음으로 된걸게요.
그럼에도 브루터스는 씨저에게 야심 있었다 하오.
그리고 브루터스는 명예로운 분이오.
지난 루퍼칼리아 축제일에 내가 씨저에게 세 번이나
왕관을 바쳤고, 씨저는 그것을 세 번이나 사양한 것을
그대들 모두 보았소. 이것을 야심이라고 하겠소이까?
그럼에도 브루터스는 씨저에게 야심 있었다 하오.
그리고, 그렇지요, 브루터스는 명예로운 분이오.
브루터스가 한 말을 논박하려는 것이 아니고,
다만 내가 아는 것을 말하고자 함일 뿐이오.
그대들 모두 한때는 씨저를 사랑했고, 그럴 이유가 있었소.
헌데 무슨 연유로 그의 죽음을 애도하지 않는 것이오?
아, 판단력은 사리분별 모르는 짐승들에게 달아났고,
인간들은 이성을 잃고 말았구나. 날 용서해 주시오.
내 가슴은 저기 놓인 관 속에 씨저와 함께 있기에,
다시 내게 돌아올 때까지 잠시 말 멈추어야겠소.

시민 1

안토니 하는 말에 일리가 있는 것 같애.

시민 2

사태를 옳게 파악해 보자면, 씨저는 억울해.

시민 3

그렇잖소?
씨저보다 훨씬 못한 자가 들어설 것 같애.

시민 4

안토니 말 들었어? 씨저가 왕관을 사양했대.
그렇다면 씨저에게 야심이 없었던 건 확실해.

시민 1

그게 사실로 밝혀지면, 누군가 큰 대가를 치러야지.

시민 2

불쌍한 것! 안토니 눈이 울어서 시뻘겋잖아.

시민 3

로마에 안토니보다 고결한 사람은 없어.

시민 4

자, 주목하세. 다시 말 시작하네.

안토니

어제까지만 해도, 씨저의 말 한마디는
온 세상을 맞닥뜨릴 수 있었소. 그는 지금 저기 누워 있고,

아무리 비천한 자라도 그에게 외경을 표하지 않게 되었소.
아, 여러분! 나 만약 그대들의 가슴과 마음을 부추겨
소란과 분노로 이끌어 갈 생각을 품기라도 한다면,
브루터스에게, 또 캐씨어스에게, 잘못을 저지름이니,
그대들 모두 알다시피, 그들은 영예로운 분들이기 때문이오.
나는 그분들에게 잘못 저지르지 않겠소. 그네들처럼
영예로운 분들에게 잘못 저지르느니, 나는 차라리
죽은 사람을, 나 자신을, 그리고 그대들을 욕보이겠소.
그러나 여기 씨저가 봉인을 한 양피지 문서가 있소.
씨저의 방에서 발견한 것인데, 그분의 유언장이라오.
나 이것을 지금 이 자리에서 읽지 않는 걸 용서하시오.
일반 시민들이 이 유언을 듣기라도 한다면,
그네들 달려 나와 죽은 씨저의 상처에 입맞춤하고,
그의 성스런 피에 그네들의 손수건을 적시고,
머리칼 한 오라기라도 간직하고파 애원하고,
임종에 이르러서는, 그네들의 유언에
그것을 언급하며, 후손들에게 남길
값진 유산으로 보관하리다.

시민 4

유언을 듣고 싶소. 읽으시오, 마크 안토니.

시민들

유언! 유언! 씨저의 유언! 들어야겠소.

안토니

참으시오, 여러분. 그걸 읽어서는 안되오.
씨저가 그대들을 얼마나 사랑했는지 알아선 안되오.
그대들은 나무도 아니고, 돌도 아니고, 사람들이오.
그리고 사람이기에, 씨저의 유언을 듣는 순간,
그대들 불붙고 말 거요, 그대들 미치고 말 거요.
그대들이 씨저의 상속인이란 걸 모르는 게 낫소.
만약에 알게 된다면, 아, 어떤 일이 생길 것인가?

시민 4

유언장 읽으시오! 듣고 싶소, 안토니!
우리한테 읽어 주어요—씨저의 유언장 말이오!

안토니

좀 참아 주겠소? 잠시 기다려 주겠소?
유언장에 대해 말한 건 내가 지나쳤던 것 같소.
씨저를 단검으로 척살한 그 영예로운 분들에게
내가 잘못하는 건 아닌지 걱정스럽소. 정말이오.

시민 4

그자들 역적들이요—영예롭다니!

시민들

유언장! 유서!

시민 2

그놈들 악당들이고 살인마들이야!
유언! 유언장 읽어요!

안토니

허면, 나에게 유언장 읽기를 강요하는 거요?
그렇다면 씨저의 시신을 둘러싸고 서시오.
그리고 그 유언을 남긴 분의 모습을 보여드리겠소.
내려갈까요? 그래도 좋겠소?

시민들

내려오시오.

시민 2

내려와요.

안토니 연단에서 내려온다.

시민 3

하고픈 대로 하시오.

시민 4

둘러서요! 둥글게—

시민 1

관에서 물러서! 시신으로부터 물러서!

시민 2

안토니에게, 사나이 안토니에게, 길 내!

안토니

자, 내게 너무 가까이 오지 말아요. 떨어져 서요.

시민들

물러서! 자리 내! 뒤로!

안토니

눈물이 있으면 이제 뿌릴 준비를 하시오.
여러분들 모두 이 휘장 옷 알지요. 씨저가 이 덧옷을
처음으로 떨쳐입었을 때를 나 기억하오.
그건 어느 여름날 저녁 그의 막사에서였소.
씨저가 네르비우스 전사들을 제압한 바로 그날이었소.[7]
보시오, 여기를 캐씨어스의 단검이 뚫고 지나갔소.
악의에 찬 카스카가 찢어 놓은 여기를 보시오.
그토록 사랑받던 브루터스는 여기를 찔렀소.
그가 저주받은 칼을 씨저 몸에서 뽑을 때,
씨저의 피가 따라 나오며 흐른 이 흔적을 보오.
브루터스가 그토록 잔인하게 문을 두드렸는지
확인하려, 문밖으로 달려 나온 것처럼 말이요—
알다시피, 브루터스는 씨저의 총아였기 때문이오.

---

7 씨저가 치른 갈리아 전쟁에서 가장 치열했고 결정적인 승리를 가져온 전투(57 B.C.).

아, 신들이여, 씨저가 그를 얼마나 사랑했습니까?
이야말로 가장 가혹하고 잔인한 칼질이었소.
고귀한 씨저 총애하던 자가 찌르는 걸 보았을 때,
배은망덕은, 역도들의 팔뚝보다도 강한 타격으로,
씨저를 쓰러뜨리고 말았고, 그의 강한 심장도 터졌다오.
그리고는 그의 휘장 옷으로 얼굴을 싸 덮으며,
바로 폼페이의 석상 아래에서 — 그동안 계속해서
피 흘리던 석상 아래에서 — 위대한 씨저 쓰러졌다오.
아, 동포들이여, 이 무슨 추락이었소이까!
그때 — 잔악한 반역이 우리들 위에 번성하는 동안 —
나도, 그대들도, 우리 모두가 쓰러진 거요.
아, 지금 우는구려. 그대들 연민의 정 느끼고 있음을
나는 알 수 있소. 이 눈물방울은 좋은 거요.
정 깊은 여러분, 씨저의 겉옷 찢어진 것만 보고도
왜 우는 거요? 자, 여기를 보오! 여기, 보다시피,
반역자들이 난도질한 씨저 그분이 계시오.

시민 1
아, 처절한 장면 —

시민 2
아, 고귀한 씨저 —

시민 3
아, 슬픈 날 —

시민 4
아, 역적들! 악한들!

시민 1
아, 끔찍한 광경—

시민 2
복수할 거야.

시민들
복수다! 뒤져! 찾아내! 태워! 불 질러! 죽여! 없애 버려!
반역자 한 놈도 살려두면 안 돼.

안토니
멈추시오, 여러분.

시민 1
조용들 하시오. 안토니 말을 들어요.

시민 2
안토니 말 듣고, 안토니를 따르고,
안토니와 함께 죽겠소.

안토니
여러분, 정다운 친구 여러분, 나 그대들을 선동하여
이처럼 돌연한 폭동의 소용돌이로 몰아가지 않게 해 주오.
이 일을 저지른 사람들은 영예로운 분들이오.

무슨 개인적인 원한이 있어 이런 일을 저질렀는지, 아,
나는 모르오. 그네들은 현명하고 영예로운 분들이니,
틀림없이 그대들에게 이치에 맞는 답을 해 줄 것이오.
친구들이여, 나는 그대들의 가슴 훔치러 온 것 아니오.
나는 브루터스 같은 웅변가가 아니오.
그대들이 잘 알듯, 나는 그저 친구를 사랑하는,
단순하고 무뚝뚝한 사내일 뿐이오. 그리고 씨저에 대해
말할 기회를 내게 허락한 그분들은, 이 사실을 잘 알고 있소.
왜냐면 나는 아둔하고, 말 주변도 없고, 인품도 별 볼일 없고,
몸가짐도 어설프고, 언변도 모자라며, 사람들의 피를 끓게 만드는
웅변의 능력도 없기 때문이오. 나는 그저 곧바로 말할 뿐이오.
그대들이 이미 알고 있는 것을 되풀이해 말하고,
다정한 씨저가 입은 상처나 보여주고, 그 상처들—불쌍하게도
말은 못하고 입만 벌리고 있는 상처들—보고 내 대신 말해 달라고
바랄 뿐이오. 허나 만약 내가 브루터스고, 브루터스가 안토니라면,
다른 안토니 있어, 그대들을 분노로 끓어오르게 만들고,
씨저의 상처마다 혀를 갖게 만들어, 로마의 돌덩이마저
일어나서 폭동으로 치닫게 할 것이오.

시민들

우리 일어납시다.

시민 1

브루터스 집을 태워 버립시다.

시민 3

갑시다! 자, 음모자들을 색출하라.

안토니

아직 내 말 들으시오, 여러분. 아직 할 말 있소.

시민들

쉬, 조용! 안토니 말 들어요, 고매한 안토니 말을!

안토니

친구들이여, 그대들은 무엇을 하려는지 모르고 있소.
어떤 연유로 씨저가 이처럼 그대들의 사랑을 받을 만하오?
아, 그대들은 모르오. 그래서 내가 말해 주어야겠소.
내가 앞서 이야기한 씨저의 유언장을 그대들은 잊었소.

시민들

그랬었지. 유언장! 자리 뜨지 말고 유언을 들읍시다.

안토니

여기 유언장이 있소. 씨저가 봉인한 그대로—
로마 시민 전체에게, 한 사람도 빼 놓지 않고,
한 사람 앞에 칠십오 드라크마씩 주신다고—

시민 2

고귀하기 이를 데 없는 씨저! 복수해 드려야지.

시민 3
아, 군왕다운 씨저!

안토니
참고 들으시오.

시민들
쉬, 조용히!

안토니
그뿐 아니라, 씨저는 그분 소유의 모든 토지, 숲과,
새로 가꾸어 놓은 과수원 등—티베르 강 이쪽의 것 모두를
그대들에게 남겼소. 그대들과 그대들의 후손이 영원히
소유할 수 있도록 말이오. 누구나 즐길 수 있는 곳—
마음껏 걸으면서 심신을 달랠 수 있는 곳—말이오.
씨저는 이런 분이었소. 언제 또 이런 분 있으리까?

시민 1
결코, 다시는! 자, 다들 갑시다!
씨저의 시신을 성소(聖所)에서 소각하고,
남은 불씨로 역도들의 집을 태워 버리는 거요.
시신을 모십시다.

시민 2
가서 불 가져와요.

시민 3
나무 의자들 뜯어내.

시민 4
의자든, 창 덧문이든, 무어든, 다 뜯어내.

시민들 시신 옮기며 퇴장

안토니
자, 굴러가거라. 음계(陰計)여, 걸음 내디뎠으니,
어떤 길을 택하든 가고픈 데로 가거라.

옥테이비어스 씨저의 하인 등장

자네, 무슨 일인가?

하인
장군, 옥테이비어스 님께서 이미 로마에 오셨습니다.

안토니
어디 계신가?

하인
레피더스 님과 함께 씨저의 저택에 계십니다.

안토니
내 곧바로 그리 찾아뵙겠네.

〔**혼잣말**〕 때맞추어 잘 왔다. 운명의 여신 기분이 좋아
주는 김에 다 줄 모양이야.

하인

제가 듣기로는, 브루터스와 캐씨어스가
로마 성문 밖으로 미친 듯 달아났다 합니다.

안토니

내가 군중을 어떻게 동요토록 이끌었는지
그 동태를 낌새 챈 모양이지. 옥테이비어스께 안내하라.

두 사람 퇴장

3막 3장

로마의 거리

시인 씨나 등장 ; 뒤이어 시민들 등장

씨나

간밤엔 씨저와 만찬을 함께하는 꿈을 꾸었는데,
벌어지는 사태가 내 마음을 불길하게 짓누르는구나.
문밖을 나서고 싶은 생각이 없는데도,
무언가가 나를 잡아끌고 있어.

시민 1

당신 이름이 무어야?

시민 2

어디 가는 길이야?

시민 3

사는 데가 어디야?

시민 4

결혼했어, 안 했어?

시민 2
순서대로 곧바로 대답해.

시민 1
그럼, 간단히.

시민 4
그럼, 현명하게.

시민 3
그럼, 거짓말 않는 게 좋아.

씨나
내 이름이 뭐냐고? 어디 가는 길이냐고? 사는 데가 어디냐고?
결혼은 했냐고? 그럼, 순서대로, 곧바로, 간단히, 현명하게,
거짓말 않고 대답한다면—먼저 현명하게 대답하지.
난 결혼 안 했소.

시민 2
그 말은, 다시 말해, 결혼하는 놈들은 다 바보라는 소리
아니야? 안됐지만, 그런 말 지껄였으니 한 방 먹어야지.
계속해, 곧바로.

씨나
곧바로 난 씨저 장례식에 가는 길이오.

시민 1

친구로? 아니면, 적으로?

씨나

친구로—

시민 2

그 질문엔 곧바로 대답했구나.

시민 4

사는 데는? 간단히—

씨나

간단히 말해, 공회당 근처에 사오.

시민 3

이름은? 거짓말 말고—

씨나

거짓말 않고, 내 이름은 씨나요.

시민 1

찢어발겨 버려! 이놈도 암살 모의자다.

씨나

난 시인 씨나야, 시인 씨나라고—

시민 4

너저분한 시 써 발긴 놈 찢어 버려, 너절한 시
너불댄 놈이니 찢어발겨 버려!

씨나

난 암살 음모자 씨나가 아니요.

시민 1

아무래도 상관없어 — 이놈 이름이 씨나야 — 이 새끼 심장에서
이 새끼 이름 긁어내고, 제 갈 길 보내.

시민 3

찢어버려! 찢어발겨! 자, 불쏘시개! 여, 횃불자루! 가자,
브루터스 놈 집으로 — 캐씨어스 새끼 집으로 — 다 태워버려!
데씨어스, 카스카, 리가리어스, 이 잡놈들 집으로 흩어져 가!
어서! 가자구!

시민들 죽은 씨나 끌고 퇴장

4막 1장

로마 ; 안토니 집의 방

안토니, 옥테이비어스, 레피더스 등장

안토니

그러면 이자들은 죽는 거요. 명단에 표시됐소.

옥테이비어스

당신 형도 죽어야 돼. 레피더스, 동의하시오?

레피더스

동의하오 —

옥테이비어스

방점 찍으시오, 안토니.

레피더스

당신 누이의 아들 퍼블리어스도 죽는다는 조건이요, 마크 안토니.

안토니

그 녀석도 죽어야 돼. 자, 이렇게 표시하오.
헌데, 레피더스, 씨저의 집에 좀 가셔야겠소.

유언장을 이리로 가져와서, 씨저가 물려준 데서
얼마를 제하여 경비에 충당할지 결정해야 하오.

레피더스
그러면, 여기서 다시 만나는 거요?

옥테이비어스
여기 아니면 공회당이오.

레피더스 퇴장

안토니
이 덜떨어진 친구는 무시해도 좋아—
그저 심부름이나 시키면 알맞지. 세상을 삼등분해서
다스리려는 마당에, 이자가 그 셋 중 한몫 떠맡는 게
과연 합당하겠소?

옥테이비어스
당신이 그렇게 생각했으니까, 우리가 작성한 살생부에서,
누굴 제거해야 할지 저 사람 의견을 받아들인 것 아니오?

안토니
옥테이비어스, 내가 당신보다 낫살이나 더 먹었소.
우리가 감당해야 할 갖가지 비난의 짐을 덜기 위해,
비록 저자에게 이 막중한 영예를 지우기는 했으나,
저자는 금덩이 지고 가는 노새처럼, 무거운 책임 아래

끙끙대고 땀 흘리며 우리가 지시하는 대로
이끌리고 몰리면서 대신 짐 지는 것뿐이오.
그리고 우리가 원하는 데에 도착하면,
짐을 내리고 쫓아 버리는 거요. 등짐 벗어난 노새처럼,
귀나 쫑긋거리며 공동 목초지에서 풀이나 뜯게 말이오.

옥테이비어스

뜻대로 하시는 건 좋소이다만,
레피더스는 경륜 있고 용맹스런 장수이외다.

안토니

내가 타는 말도 그렇소, 옥테이비어스. 그래서
내 말 먹일 여물은 넉넉히 준비해 놓는 것이오.
전장을 누비며, 방향도 바꾸고, 멈추기도 하고, 아니면
곧바로 달려들도록 내가 훈련시키는 짐승인데,
그놈의 몸 움직임이 다 내 마음먹은 대로란 말씀이오.
어떻게 보면, 레피더스는 그밖에는 안되는 자요.
가르쳐 주고, 훈련시키고, 지시 따르도록 해야 되는 자요.
독자적 판단이란 있을 수도 없는 자로, 그저 눈길 끄는 것,
색다르게 보이지만 이미 한물간 것들이나 뒤쫓으며,
남들에게는 시큰둥하게 보일, 그런 것들을 추종한다오.
그저 필요할 때 쓰다 버릴 도구로나 보면 될 게요.
자, 옥테이비어스, 중차대한 문제로 들어갑시다.
브루터스와 캐씨어스가 군대를 모집하고 있소.
우리도 곧바로 군세를 갖추어야 할 것이오.
그러니, 우리의 연합 세력을 보강토록 할 것이며,

우군이 될 사람들을 영입하고, 군비를 확충해야겠소.
그리고 즉시 연석회의를 열어, 아직 표면화되지 않은
위험 요인들을 어떻게 하면 확실하게 밝혀낼 것인지,
또 당면한 위험에 대처할 방안은 무엇인지 논의합시다.

옥테이비어스
그럽시다. 우린 지금 위험에 처해 있고,
수많은 적들이 둘러싸고 으르렁대고 있으니 말이오.
겉으로는 얼굴에 웃음 띠는 자 중엔, 모르긴 몰라도,
가슴 속에 비수 품고 있는 자 없잖을 거요.

두 사람 퇴장

4막 2장

싸디스 부근의 진영 ; 브루터스의 막사 앞
북소리 ; 브루터스, 루씰리어스, 루씨어스, 군사들 이끌고 등장 ;
핀다러스 그들을 맞는다.

브루터스
행군 멈추라.

루씰리어스
뒤로 전달! 행군 멈추라!

브루터스
이보게, 루씰리어스, 캐씨어스 군영은 가까운가?

루씰리어스
멀지 않습니다. 핀다러스가 이미 나와,
장군께 캐씨어스 님의 환영 인사를 전하고자 합니다.

브루터스
고마운 대접일세. 핀다러스, 자네 상관은—
마음 달라진 건지, 못된 부하들 부추김 때문인진 몰라도—
있었던 일, 없었던 상태로 되돌려 놓고 싶은 마음이
내게 들 정도로, 나를 섭섭하게 했네. 곧 만날 테니,
속 시원한 설명 듣고 싶네.

핀다러스
제가 모시는 장군께서는, 언제나 그러하시듯,
도량과 명예심 갖추신 모습이시라고 믿습니다.

브루터스
나도 그러리라 믿네. 루씰리어스, 잠깐—
자네를 어떻게 맞았는지 내 알고 싶네.

루씰리어스
정중하고, 예의에 벗어남은 없었습니다만,
예전처럼 그렇게 다정한 우애의 표시를 한다거나,
마음 털어놓고 허물없이 대화를 나누려 하시진 않습디다.

브루터스
그게 바로 뜨거웠던 우정이 식어간다는 걸세.
이걸 잘 기억해 두게, 루씰리어스.
우정이 시들해지고 곯기 시작하게 되면,
억지로 지어내는 거추장스런 허례가 따르는 법이야.
꾸밈없고 단순한 믿음 오갈 땐 허식이란 없지.
허나, 진솔치 못한 자—처음에는 힘차게 달리는 말처럼—
멋들어지게 행동하며 기개 있는 것처럼 보이지.

무대 뒤에서 진군하는 소리
그러다가 정말로 지독한 박차 견뎌야 할 때가 되면,
목덜미 떨구고는, 눈속임 해온 늙은 말처럼,
실제 상황에선 주저앉고 말아. 그의 군대가 오는가?

루씰리어스

오늘 밤엔 싸디스에서 숙영한다 합니다.
주력부대 기마 군단이 캐씨어스와 함께 도착했습니다.

캐씨어스와 그의 휘하 장수 및 병사들 등장

브루터스

아, 도착했군. 천천히 전진해 맞도록 하게.

캐씨어스

정지!

브루터스

정지! 뒤로 전하라.

병사 1

정지!

병사 2

정지!

병사 3

정지!

캐씨어스

존경하는 동지, 내게 잘못하였네.

브루터스

신들이시여, 심판하소서. 나 적들에게 잘못하는 것이오이까?
그렇지 아니하다면, 내 어찌 동지에게 잘못할 수 있겠소이까?

캐씨어스

브루터스, 이 냉랭한 태도는 자네 잘못을 덮기 위함이고,
그리고 자네가 그 잘못을—

브루터스

캐씨어스, 진정하게나.
자네 불만을 차근차근 들려주게. 나 자네를 잘 아네.
우리 둘 사이에 우정만이 넘치는 걸 보아야 할,
여기 우리가 이끄는 양측 군대 앞에서
언쟁을 하지는 말아야지. 저들보고 자리 비키라 이르게.
그런 다음에 내 막사에서 자네 불만을 토로하게.
나 귀담아들을 것이네, 캐씨어스.

캐씨어스

핀다러스, 지휘관들에게 각자의 부대를
여기서 좀 떨어진 곳까지 인솔토록 이르라.

브루터스

루씰리어스, 자네도 그렇게 하도록—그리고 아무도
우리가 대화 마칠 때까지 막사에 접근치 못하도록 하라.
루씰리어스와 티티니어스가 망을 서도록 한다.

브루터스와 캐씨어스만 남고 모두 퇴장

4막 3장

브루터스의 막사 안

캐씨어스

자네가 내게 잘못한 건 여기서 드러나네.
자네는 루씨어스 펠라가 여기 싸디스인들로부터
뇌물을 받았다는 죄목을 씌워 그 명예를 훼손했지.
내가 그를 잘 알기에, 그 사안에 대해서 그를 변호하는
서한을 내가 보냈지만, 자네는 가볍게 묵살했어.

브루터스

그런 편지를 쓴 건 자네 스스로를 욕보인 거야.

캐씨어스

지금 같은 상황에서, 사소한 실수
하나하나를 다 심판해야 한다는 건 적절치 않아.

브루터스

말이 나왔으니 말이지, 캐씨어스, 자네도
금화에 민감하게 반응하는 손바닥 가졌다고 말이 많아.
자격 없는 자들에게 매관매직 서슴지 않는다고 말이야.

캐씨어스

내가? 민감하게 반응하는 손바닥이라!
이런 말 하는 자가 브루터스란 건 알겠지—
그렇지만 않았다면, 자넨 이미 죽은 목숨이야.

브루터스

캐씨어스란 이름 이 부정(不淨)을 덮어 주고,
따라서 그에 대한 응징도 용두사미가 되고 마네.

캐씨어스

응징이라!

브루터스

기억하게나 삼월을—삼월 십오일을 기억해.
위대한 씨저 그날 정의 때문에 피 흘리지 않았던가?
씨저의 몸을 건드린 사람치고, 정의를 위해서가 아닌
그 어떤 다른 의도로 그를 찌른 악당이 있었던가?
아니, 그래, 도둑들을 도운 죄를 물어, 온 세상 통틀어
으뜸가는 사람을 처단한 우리들 중 하나가—바로 우리가,
지저분한 뇌물로 우리 손가락을 더럽히고, 이렇게 한 움큼
손에 잡히는 쓰레기 얻으려, 영예로운 지위를 판다는 말인가?
차라리 개가 되어 달을 보고 짖는 것이,
그따위 로마인이기보다는 나을 걸세.

캐씨어스

브루터스, 내 성미 돋우지 말게.

참지만은 않을 테니까. 감히 내게 이래라저래라 하다니,
자네 분수를 모르는군. 난 군인이야—나 말일세—
자네보다 연륜도 깊고, 상황 처리에 능숙한—

브루터스
닥치게, 그렇지 않아, 캐씨어스.

캐씨어스
그렇고말고.

브루터스
그렇지 않다니까.

캐씨어스
더는 밀어붙이지 말게. 나 이성 잃을지도 몰라.
자네 몸 생각해서, 더 이상 나를 다그치지 말어.

브루터스
나가, 쓸개 빠진 인간!

캐씨어스
이럴 수가?

브루터스
내 말 들어 봐. 할 말은 해야겠어.
자네 급한 성깔 멋대로 부리도록 놓아둘 것 같아?

미친 사람이 쏘아본다고 내가 두려울 것 같아?

캐씨어스

아이구, 맙소사! 이걸 다 참아야 하나?

브루터스

"이걸 다"? 아니야, 더야. 그 오만한 심장 터질 때까지 안달해 봐.
노예들한테나 가서 자네 성미가 얼마나 불같은지 보여주고,
종놈들이나 벌벌 떨게 해. 내가 움찔할 것 같아?
내가 자네 비위나 맞추려 해야 돼? 자네 급한 성깔에 눌려
내가 주춤거리며 움찔해야 돼? 신들에 맹세코 하는 말이지만,
자네 비장이 뿜어내는 독기를 꿀꺽꿀꺽 삼켜야만 할걸.
자네 가슴이 찢어져도 말이야—왜냐면, 오늘부터는,
자네 성깔 드러낼 때마다, 내겐 조롱과 웃음거리일 테니까.

캐씨어스

일이 이 지경이 되었나?

브루터스

자네가 나보다 나은 군인이라고 했겠다?
그렇게 보였으면 좋겠네. 자네 허풍이 사실로 입증되면,
나 아주 기쁠 걸세. 나 자신으로 말할 것 같으면,
난 차라리 인격 높은 사람한테 배우고 싶어.

캐씨어스

내게 할 말 못할 말 다 하는군, 브루터스. 군인으로선 내가

경험이 더 있다 했지, 더 낫다고는 안 했어. 더 낫다고 했어?

브루터스
그랬더라도, 난 개의치 않아.

캐씨어스
씨저 생전에도 감히 이렇게 날 닦아세우진 못했을 거야.

브루터스
닥치게. 감히 이렇게 씨저에게 대들진 못했을 거야.

캐씨어스
내가 못했을 거라고?

브루터스
아무렴.

캐씨어스
뭐라고? 대들지 못했을 거라고?

브루터스
죽어도 못했지.

캐씨어스
우리 사이의 우정만 믿고 막말은 하지 말게.
나 나중에 후회할 일 저지를지도 몰라.

브루터스

벌써 후회할 일 저질렀는걸.
캐씨어스, 아무리 위협을 해도 무서울 것 없네.
난 올곧음에 대한 자신감으로 차 있기 때문에,
자네의 위협 따윈 건듯 부는 바람처럼 지나가는 거고,
난 거기 신경도 안 써. 내가 일전에 얼마간의 군자금을
융통해 달라 했는데, 자넨 그 요청을 들어주지 않았어.
난 지저분한 방법으로 군자금 모을 줄 모르거든—
하늘에 맹세코, 난 차라리 내 심장을 녹여내어,
떨어지는 피로 금화를 삼을망정, 농부들의 굳은 손에서
그네들 지저분한 허섭스레기를 온당치 못한 방법으로
쥐어짜내진 않을 거야. 내 군대에게 지급할 수당을
융통해 달라고 요청했지만, 자넨 그걸 거절했어.
그게 캐씨어스가 할 노릇인가? 케이어스 캐씨어스에게
나라면 그런 대답을 보냈을 것 같은가?
마커스 브루터스가 그처럼 탐욕스럽게 되어,
친구 위한 그 정도의 알량한 지출마저 꺼린다면,
신들이여, 천둥벼락 때려 내 몸 산산조각 내소서!

캐씨어스

난 거절한 적 없네.

브루터스

그랬다니까.

캐씨어스
안 그랬어. 내 대답 가져온 놈 멍청이야.
브루터스가 내 가슴 찢어 놓았네. 친구라면 친구의 결함을
덮어 주어야 해. 헌데, 브루터스는 내 모자라는 점을
실제 이상으로 부풀리고 있어.

브루터스
안 그래 — 나한테 폐가 되기 전까지는—

캐씨어스
날 안 좋아하는군.

브루터스
자네가 저지른 잘못은 싫어.

캐씨어스
친구라면 그런 잘못이 눈에 보이지 않을 텐데.

브루터스
잘못이 올림퍼스 산만큼 거대하더라도,
친구 아닌 아첨꾼이라면 그걸 보지 않으려 하겠지.

캐씨어스
안토니건, 젊은 옥테이비어스 놈이건, 다 와라.
캐씨어스는 이제 세상살이가 지겨워졌으니,
캐씨어스에게만 복수를 하려무나.

사랑하는 사람에게 미움받고, 형제 같은 사람에게 헐뜯기고,
노예처럼 질책받고, 잘못하는 일마다 관찰의 대상이 되고,
비망록에 적혀서, 수시로 읽혀지고, 잊혀지지 않게 되어,
결국엔 내 그 쓴맛 보아야 하느니. 아, 눈물이나 쏟아내,
남자다운 기운 다 날려 버렸으면! 여기 내 단검 있네.
그리고 여기 내 맨살 가슴도. 그 안에 심장 하나 있는데,
플루토의 금광보다 값지고, 황금보다 소중한 걸세.
자네가 진정한 로마인이라면, 그걸 꺼내 버리게.
자네에게 금화 보내기를 거절한 나, 내 심장을 주겠네.
씨저를 찌를 때처럼, 나를 찌르게. 내 확실히 알겠네만,
자네가 아무리 씨저를 미워했대도, 자네가 캐씨어스보다야
씨저를 조금이라도 더 좋아했을 것이기 때문이야.

브루터스

칼 도로 집어넣게.
화를 내고 싶을 때는 마음껏 그리하게.
어떻게 행동하든, 자네 성미 탓으로 돌리겠네.
캐씨어스, 자넨 양처럼 순한 자를 상대하고 있는데,
그자 화를 낸다 해도, 부싯돌에 불 댕기는 것 같아.
세게 부닥치면, 쉽게 불똥이 튀지만,
금방 차가워지고 말거든.

캐씨어스

슬픔과 끓어오르는 분기로 괴로울 때,
친구 브루터스에겐 한낱 조롱과 우스갯거리 되려
나 이제껏 살아왔던가?

브루터스
내가 그 말 했을 때, 나도 화가 났던 거야.

캐씨어스
자네 그걸 인정하나? 자네 손 내어 줘.

브루터스
내 가슴도 내어 주지.

캐씨어스
아, 브루터스!

브루터스
무슨 일인가?

캐씨어스
어머니한테 물려받은 열화 같은 성미 때문에, 내가
자제력 잃는 때에도, 그걸 참아 주는 자네 날 아끼기 때문 아닌가?

브루터스
그렇네, 캐씨어스. 그리고 지금부터는
자네가 브루터스에게 심하다 싶게 투정할 때에도,
자네 어머니가 잔소리하는 걸로 여기고, 받아들이겠네.

시인 하나 등장 ; 잇달아 루씰리어스, 티티니어스, 루씨어스 등장

시인

장군들 뵈오러 들어가야겠소. 두 분 사이에
불화가 일고 있소. 두 분만 계시게 해선 아니 되오.

루씰리어스

들어가면 안 되오.

시인

죽는 한 있더라도 들어가야겠소.

캐씨어스

이건 또 무슨 일인가?

시인

제발, 장군들! 어쩌려고 이러시오?
서로 아끼고, 친구가 되시오, 두 분이 사나이라면—
나 두 분보다 오래 살았소, 내 헤아림 사실이라면—

캐씨어스

하하! 이 현자께서 지어내는 형편없는 대구(對句)라니—

브루터스

이봐, 여기서 나가! 건방진 놈, 나가!

캐씨어스

참게나, 브루터스. 원래 저런 자야.

브루터스

저자가 때를 알아 망동하면, 받아줄 수도 있지.
시구(詩句) 나부랭이나 짓는 이런 자들에게 전쟁이 무슨 아랑곳이야?
이봐, 나가!

캐씨어스

저리 비켜! 나가란 말야!

시인 퇴장

브루터스

루씰리어스, 그리고 티티니어스, 지휘관들에게
부대 병력을 오늘 밤 야영시키도록 지시하게.

캐씨어스

그리고 자네들은 메쌀라를 데리고
곧바로 우리한테 오도록 하게.

루씰리어스와 티티니어스 퇴장

브루터스

루씨어스, 술 한잔 가져와라.

루씨어스 퇴장

캐씨어스

자네가 그토록 화낼 줄은 몰랐네.

브루터스

아, 캐씨어스, 내게 슬픈 일 한두 가지가 아니라네.

캐씨어스

그때그때 생기는 불운한 상황에 흔들린다면,
자네는 인고를 지고의 선으로 삼는 철학에 충실한 게 아니지.

브루터스

나만큼 슬픔을 견뎌낼 수가—포샤가 죽었네.

캐씨어스

아니? 포샤가?

브루터스

죽었네.

캐씨어스

자네 성미 그렇게 돋구어 놓고, 나 어떻게 죽음을 면했지?
아, 참으로 비통하고 슬픈 일이야! 무슨 병으로?

브루터스

나는 집 떠나 있고, 애송이 옥테이비어스가 마크 안토니와 합류해,
군세 막강해진 것에 대한 초조감—뭐 이런 거겠지.
포샤 죽었단 말과 함께 그 소식이 왔으니까. 이 소식 접하고,
포샤는 제정신이 아닌 상태에서, 주위에 아무도 없을 때,
불덩이를 삼켰다네.

캐씨어스
그리고는 돌아가셨다?

브루터스
그렇다네.

캐씨어스
아, 하느님 맙소사!

루씨어스 술과 촛불 들고 등장

브루터스
포샤 이야긴 그만하세. 술 한잔 다오.
섭섭했던 마음 이 한 모금으로 다 넘겨 버리겠네, 캐씨어스. 〔**마신다**〕

캐씨어스
나도 그 너그러운 제의 따라 마시고 싶은 마음일세.
루씨어스, 내게도 술잔이 넘칠 때까지 한잔 따라다오.
브루터스의 우정에 흠뻑 취하고 싶구나.

루씨어스 퇴장 ; 티티니어스와 메쌀라 등장

브루터스
들어오게, 티티니어스. 잘 왔네, 메쌀라.
자, 여기 이 촛불에 가까이 둘러앉아,
당면한 문제들을 검토해 보세.

캐씨어스

포샤, 정말 돌아가신 거요?

브루터스

제발 그만하게나.
메쌀라, 여기 내가 받은 편지들이 있는데,
젊은 옥테이비어스와 마크 안토니가 막강한 군세로
우릴 공격하려 오는데, 필리파이로 향하고 있다는 거야.

메쌀라

저도 같은 정보 담은 편지들을 받았습니다.

브루터스

추가된 내용은 없던가?

메쌀라

범법 행위를 단죄하는 법령과 기소에 근거해,
옥테이비어스, 안토니, 그리고 레피더스가
백 명의 원로원 의원들을 처형하였답니다.

브루터스

그에 관해선 우리 편지들 내용이 다르군.
내가 받은 편지에는, 씨세로를 포함해서, 일흔 명의
원로원 의원들이 처형됐다고 하는데.

캐씨어스

씨세로까지?

메쌀라
씨세로도 죽었는데, 그 처형자 명단에 올랐던 겁니다.
부인께서 쓰신 서신들은 받으셨습니까, 장군?

브루터스
못 받았네, 메쌀라.

메쌀라
아니면, 부인 소식이 담긴 서신은요?

브루터스
아무것도 — 메쌀라.

메쌀라
그것 참 이상한데요.

브루터스
왜 묻나? 자네 받은 편지엔 내 아내 얘기가 있던가?

메쌀라
아닙니다, 장군.

브루터스
자, 로마인답게, 진실을 말하게.

메쌀라
하면, 로마인답게, 제가 전하는 진실 받아들이십시오.

말씀드리지만, 부인께서 돌아가셨습니다. 그도 예사롭지 않게 —

브루터스
그렇군, 잘 가오, 포샤. 메쌀라, 우린 다 죽게 돼 있어.
내 아내도 언젠가는 죽어야 할 목숨이었다는 걸 생각하면,
이 소식을 담담히 받아들일 수 있는 강인함을 갖게 되네.

메쌀라
큰 분은 큰 상실을 바로 그렇게 견디어야 합니다.

캐씨어스
생각만으로야 견인의 의지 나도 그대 못지않네만,
내 성품 가지고는 이런 소식 그렇게 견디어내지 못할 걸세.

브루터스
자, 우리 당면한 문제로 — 곧바로 필리파이로
진격하는 걸 어떻게 생각하나?

캐씨어스
좋은 생각이 아닌 것 같아.

브루터스
이유는?

캐씨어스
그건 이렇네. 적이 우리한테 오도록 하는 게 좋아.

그래야 적이 군수품을 소진하고, 병사들도 지치게 만들어,
제풀에 꺾이게 될 것이오. 그동안 우리는 기다리면서,
충분한 휴식과 아울러, 방어 능력과 기동력을 기르는 거요.

브루터스
타당한 이유도 더한 이유 앞에선 물러서야 하네.
필리파이와 이곳 사이에 사는 사람들은 마지못해
우리 지시에 순종하는 것일세. 우리에게 보급품 대는 걸
못마땅해했거든. 적은, 이 사람들 있는 곳 지나 진군하면서,
이 사람들 징집해서 군세를 확충하고,
심신 가벼이, 보강되어, 의기충천하여 올 걸세.
이 사람들을 뒤로한 상태에서, 필리파이에서 적을 맞으면,
이 모든 전략상의 이점을 적이 갖지 못하도록 하는 것이야.

캐씨어스
내 말 좀 들어 보게.

브루터스
마저 듣게. 잊어서 안될 사실은, 우리가
우리 편 사람들로부터 기대할 수 있는 건 다 얻어냈고,
군세는 넘쳐나고 있고, 우리 명분이 당당하다는 것이야.
적군은 날이면 날마다 그 세를 불려가고 있어.
군세가 정점에 이른 우리는, 이제 내리막길이야.
무릇 인간사에는 밀물과 썰물이 있기 마련—
파고가 높을 때 기회를 잡으면, 행운으로 나아가고,
그 순간을 놓치면, 평생을 헤쳐 온 항해가

얕은 모래톱, 비참한 형국에서 끝나고 말지.
우리는 이처럼 넘실대는 높은 파도를 타고 있고,
물결이 순조로울 때 그것을 타고 넘든가, 아니면
모든 계획 수포로 돌아가고 마는 거지.

캐씨어스
그러면, 뜻하는 대로 추진하시게.
자네 뜻을 따를 테고, 필리파이에서 대적하겠네.

브루터스
이야기를 나누는 중에 밤이 깊었네.
자연의 이치는 거역할 수 없는 법이니, 잠깐이나마
눈이라도 붙이도록 하세. 더 할 말 없나?

캐씨어스
없네. 잘 자게. 아침 일찍 일어나, 행군일세.

브루터스
루씨어스! 잠옷 가져와라. 잘 자게, 메쌀라.
잘 자게, 티티니어스. 소중한 벗 캐씨어스, 잘 자고, 푹 쉬게.

캐씨어스
이보게, 친구, 오늘 밤은 시작이 좋지 않았어.
우리 둘 사이에 다시는 그런 의견 충돌 없어야지!
그러면 안 되지, 브루터스.

루씨어스 잠옷 들고 등장

브루터스

다 잘되어 가고 있어.

캐씨어스

잘 주무시오, 장군.

브루터스

잘 자게나, 내 친구.

티티니어스와 메쌀라

안녕히 주무십시오, 브루터스 장군.

브루터스

모두 다, 잘 자오.

캐씨어스, 티티니어스, 메쌀라 퇴장

잠옷 다오. 네 악기는 어디 있니?

루씨어스

여기 천막 안에요.

브루터스

어째 말하는 게 졸린 것 같구나.
불쌍한 놈, 야단칠 수도 없구나. 뜬 눈으로 샜으니—

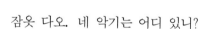

클로디어스하고 누구 내 수하 하나 오라 해라.
내 천막에서 방석에 누워 자도록 해야겠다.

루씨어스

바로! 클로디어스!

바로와 클로디어스 등장

바로

부르셨습니까?

브루터스

자네들, 내 천막에서 자도록 하게.
조금 있다가 내 동료 캐씨어스에게 말 전하려
자네들을 깨우게 될지도 몰라.

바로

원하시면, 저희들 대기하고 있겠습니다.

브루터스

그럴 필요 없어. 자리에 눕게나.
내 생각이 달라질 수도 있어.

바로와 클로디어스 자리에 눕는다.

루씨어스, 여기 내가 찾던 책이 있구나.

내 잠옷 주머니에 넣어 두었었구나.

루씨어스

확실히 저한테 맡겨 두시지는 않았어요.

브루터스

미안하다, 얘야, 나 깜빡하길 잘해.
너 잠깐 졸음을 참고, 한두 곡조 네 악기로 들려주련?

루씨어스

예, 어르신, 그렇게 하지요.

브루터스

그래 다오. 널 귀찮게 해도, 마다 않는구나.

루씨어스

제 할 일인걸요.

브루터스

너에게 무리하게 조를 생각은 없다.
젊을 땐 때가 되면 잠 쫓기 어려운 걸 잘 안다.

루씨어스

벌써 한숨 잤는걸요, 어르신.

브루터스

잘했다. 다시 자게 해 주마.

오래 붙들고 있진 않을게. 사는 동안은, 네게 잘해 주마.

루씨어스 악기 타며 노래한다.

졸음에 겨운 가락이로구나. 아, 거역 못할 잠이여!
너를 위해 탄주하는 내 사동의 몸 위에, 너의
납처럼 무거운 봉을 갖다 대느냐? 착한 녀석, 잘 자거라.
너를 깨우는 것 같은 못된 짓은 하지 않으마.
네놈 꾸벅이다가 악기를 떨구어 깨뜨리겠다.
이렇게 네 품에서 집어내야겠다. 녀석 — 잘 자거라.
어디 보자, 어디더라? 내가 읽다가 그만두고
덮어놓은 갈피가 여기지? 여기인 것 같아.

씨저의 혼령 등장

촛불이 영 시원치 않구나! 아니! 누가 오는 거야?
이 끔찍스런 환영이 어른거리는 건
아무래도 내 눈이 피곤한 탓일 게야.
내게 다가오는군. 너 실체가 있는 것이냐?
내 몸의 피를 얼게 하고 머리칼 일어서게 만드는 너 —
무슨 신이냐, 하늘의 사자(使者)냐, 아니면 마귀냐?
네가 누군지 말을 해라.

혼령
너의 악령이다, 브루터스.

브루터스

왜 왔는가?

혼령

필리파이에서 날 만나리라 알려 주려고.

브루터스

그러면, 다시 만나게 되나?

혼령

그렇지, 필리파이에서.

브루터스

그래? 그러면 필리파이에서 만나세.

혼령 퇴장

내가 심지를 굳게 먹으니 사라지는구나.
악령이여, 그대와 이야기를 더 하고 싶었는데—
이놈, 루씨어스! 바로! 클로디어스! 모두 깨! 클로디어스!

루씨어스

어르신, 줄이 안 맞아요.

브루터스

이 녀석 아직 악기 타고 있는 줄 알아. 루씨어스, 깨라!

루씨어스

예?

브루터스

너 꿈꾸었니, 루씨어스? 소리를 질러대니—

루씨어스

어르신, 제가 소리 지른 건 모르겠는데요.

브루터스

그랬어. 무얼 보았니?

루씨어스

아무것도요, 어르신.

브루터스

다시 자거라, 루씨어스. 어이 클로디어스! 이봐, 깨!

바로

예, 장군?

클로디어스

예?

브루터스

이봐, 왜 자면서 소릴 지른 거야?

바로, 클로디어스

그랬습니까, 장군?

브루터스

그랬어. 무얼 보았나?

바로

아뇨, 아무것도요.

클로디어스

저도, 아무것도요.

브루터스

가서 내 아우 캐씨어스에게 아침 인사 전해.
일찍 서둘러 행군 시작하라 일러 줘. 우리 곧 따를 테니까.

바로, 클로디어스

분부대로 하겠습니다, 장군.

모두 퇴장

5막 1장

필리파이 벌판
옥테이비어스와 안토니 군대 이끌고 등장

옥테이비어스
자, 안토니, 우리가 바라던 대로 되었소.
그대가 말하기를, 적군은 벌판으로 내려오지 않고,
언덕과 고지대를 지킬 것이라 하였소.
상황이 그렇지 않고, 저들의 군대는 가까이 와 있소.
여기 필리파이에서 우리를 공격할 모양인데,
우리가 공격을 하기 전에 선수 치겠다는 거요.

안토니
체 — 나 저들 속을 다 보고 있고, 왜 저러는지
훤히 알고 있소. 사실은 여기 와 있지 않았으면 하는
마음 간절하지만, 두려움을 무릅쓰고 억지로 용기 내어
내려온 것인데, 이런 만용을 보여, 저들이 용감하다는 생각을
우리에게 심어 놓으려 함이라오. 하지만 그렇지는 않아.

전령 등장

전령
준비하십시오, 장군들.

적군이 위세를 자랑하며 다가옵니다.
전투 개시를 알리는 붉은 깃발 나부끼는데,
즉시 대처하셔야겠습니다.

안토니
옥테이비어스, 그대 부대를 이끌고
평야 왼쪽으로 서서히 진격하오.

옥테이비어스
내가 오른쪽으로 가겠소. 그대가 왼쪽 맡으오.

안토니
이 위급한 상황에 왜 내 뜻을 거스르는 거요?

옥테이비어스
내가 그대 뜻 거스르는 게 아니라, 그렇게 하겠다는 거요.

진군한다.

북소리 ; 브루터스, 캐씨어스, 루씰리어스, 티티니어스, 메쌀라, 병사들 등장

브루터스
적이 진군을 멈추었고, 담판을 원하오.

캐씨어스
멈추게, 티티니어스. 나가서 담판에 임해야 돼.

옥테이비어스

마크 안토니, 전투 명령을 내릴까요?

안토니

아니오, 씨저. 저들이 공격해 오면 응전합시다.
앞으로 나아가시오. 장군들 몇 마디 나누고자 하오.

옥테이비어스

명령 떨어질 때까지 움직이지 말라.

브루터스

한판 붙기 전에 인사나 나누자—동포, 그 말씀이오?

옥테이비어스

당신처럼 우리가 말 좋아해서가 아니오.

브루터스

멋들어진 말이 너절한 칼부림보다는 낫지, 옥테이비어스.

안토니

브루터스, 당신 너절한 칼부림하며 멋들어진 말 합디다.
씨저의 가슴에 당신이 낸 구멍을 보시오—
"만수무강! 씨저 만세!"라고 외치면서 말이오.

캐씨어스

안토니, 그대의 가격(加擊)이 얼마나 셀지 모르지만,

그대의 혓바닥 놀림만큼은 히블라의 벌꿀을 모두 훔쳐왔더군.[8]

안토니

하지만, 독침까지는 아니지.

브루터스

독침뿐인가? 소리마저 훔쳐 왔잖은가?
안토니, 자넨 벌들의 붕붕거리는 소리마저 훔쳤기에,
독침 쏘기 전에 제법 소리 내서 위협할 줄도 알아.

안토니

악당들아! 네놈들의 비열한 단검이 씨저의
옆구리 찌르며 서로 맞부딪쳤을 때, 네놈들은 안 그랬어.
네놈들 원숭이처럼 이빨 드러내고, 개처럼 알랑대고,
노예들처럼 굽실거리고, 씨저의 발에 입 맞추었지.
그동안, 저주받은 카스카는, 개처럼, 뒤에서
씨저 목에 칼을 꽂았지. 아, 이 아첨꾼들!

캐씨어스

아첨꾼이라고? 자, 브루터스, 이게 다 자네 때문이야.
자네가 캐씨어스의 말대로만 했다면, 이자의
혓바닥이 오늘 이렇게 날름대지는 못했을 거야.

---

8 Hybla는 Sicily 섬에 있는 산으로, 꿀이 많이 나는 곳으로 알려져 있다.

옥테이비어스

자, 자, 본론만. 말싸움에 땀 흘려야 한다면,
붉은 피 흘려야 그 언쟁의 결판이 나는 거요.
자, 보거라, 역도들 향해 나 이렇게 검을 뽑는다.
언제 이 검이 거두어지리라 생각하는가? 결코—
씨저가 입은 서른하고도 셋이나 되는 상처에 대한 응징이
다 이루어질 때까지는—아니면, 씨저란 이름 가진 사람
또 하나가 역도들의 칼부림에 도륙을 당할 때까지는—

브루터스

씨저, 자네가 역도들의 손에 죽을 순 없어.
그 역도들이란 게 자네 수하가 아니고선 말이야—

옥테이비어스

그리되길 바라네.
내가 브루터스의 칼에 죽을 일은 없을 테니—

브루터스

아, 자네 가문에서 가장 고귀한 자라 한들,
젊은 친구, 그보다 더 영예로운 죽음 맞을 순 없네.

캐씨어스

버르장머리 없는 애송이—그런 명예는 당치도 않거니—
허랑방탕한 놀이꾼이자 팔난봉꾼인 놈과 한패로구나.

안토니

아직도 구제불능인 캐씨어스로군!

옥테이비어스

자, 안토니, 자릴 뜹시다.
역도들아, 너희들 아구창에 도전장을 던진다.
오늘 싸워 볼 양이면, 전장으로 나오거라.
그렇지 않다면, 아무 때나 좋으니, 용기가 날 때—

옥테이비어스, 안토니, 군대 이끌고 퇴장

캐씨어스

자, 그럼, 바람아 불어라, 파도야 일거라, 쪽배야 떠 있거라!
폭풍우 몰아치려 하니, 만사 일촉즉발이로다.

브루터스

어이, 루씰리어스, 잠깐, 할 말이 있네.

루씰리어스

〔**앞으로 나서며**〕 예, 장군.

브루터스와 루씰리어스 이야기 나눈다.

캐씨어스

메쌀라.

메쌀라

〔**앞으로 나서며**〕 말씀하십시오, 장군.

캐씨어스

오늘이 내 생일일세. 바로 오늘 캐씨어스가 태어났지.
자네 손 좀 주게나, 메쌀라. 폼페이가 그러했듯, 나 오늘
내 뜻에 반해서, 한판 전투에 우리의 모든 생사의 운을
걸 수밖에 없게 된 걸, 자네만은 알아주게.
조짐 같은 건 믿지 말라던 에피큐러스의 생각을[9]
나도 지녀온 걸 자네는 알지. 헌데, 생각이 바뀌었어.
앞일을 예고하는 징조를 조금은 믿게 된 걸세.
싸디스로부터 진군해 올 때, 거대한 독수리 두 마리가
우리 전초 부대 군기에 내려와 앉아 있었는데,
병사들이 주는 먹이로 마음껏 포식하며
여기 필리파이까지 우리를 따라왔었다네.
오늘 아침 그것들 날아가 버리고 없는 거야. 그 대신에,
갈가마귀, 까마귀, 솔개 같은 것들이 머리 위를 떠돌며,
마치 죽어가는 먹이라도 되는 양, 우리를 내려다보는데,
그것들의 그림자가 꼭 죽음의 장막처럼 보이고,
그 밑에서 우리 군대는 죽을 준비가 돼 있는 것 같았어.

메쌀라

그런 생각일랑 마십시오.

캐씨어스

약간 마음에 걸린다는 것뿐이야.
난 지금 사기를 새로이 가다듬어, 그 어떤 위험도

9 에피큐러스(Epicurus) 학파 사람들은 조짐을 믿지 않았다. 신들은 인간사에 관심이 없다고 생각했기 때문이다.

굳건히 맞닥뜨릴 결의가 되어 있다네.

브루터스

〔**루씰리어스와 대화 나누다가**〕 바로 그거야, 루씰리어스.

캐씨어스

자, 브루터스, 오늘 제신들의 가호 있기를 비세.
평화롭던 시절 다정한 벗이었던 우리 살아남아 노년 맞도록!
허나 인간사란 노상 예측할 수 없는 것이기에,
최악의 상황 닥쳤을 때 어찌할 것인지 생각해 두세.
이 전투에서 우리가 패하게 된다면, 이것이 우리가
이야기 나누는 마지막이 될 걸세. 자넨 어찌할 건가?

브루터스

자살을 금기시한 철학적 계율에 근거해,
나는 케이토가 자결한 것은 잘못된 선택이었다고
생각했지 — 케이토가 왜 그랬는지 난 잘 모르겠네.[10]
하지만 난, 앞으로 닥칠 일 두려워
미리 목숨 끊는 건 비겁하고 비열한 짓이라 본다네.
지상에 있는 우리들을 다스리는, 높은 신들의 섭리를
담담히 받아들일 인고의 정신으로 무장할 뿐일세.

캐씨어스

그렇다면, 우리가 이 전투에서 패했을 때,

---

10 2막 1장 295행에 대한 주석 (각주 6) 참조.

희한한 볼거리라도 되는 양, 로마 거리에
구경거리로 끌려다녀도 괜찮다는 겐가?

브루터스
아니지, 캐씨어스. 자네도 로마인이니, 나
브루터스가 로마로 호송되리라고는 생각지도 말게.
그러기에는 기개가 큰 자야. 하지만, 바로 오늘
삼월 십오일에 시작한 일을 마무리 지어야 해.
우리 또다시 만날 수 있을지는 모르겠구먼.
그러니 우리 영원한 작별 인사를 나누세나.
마지막으로, 영원히, 잘 가게, 캐씨어스.
우리 다시 만나게 되면, 그럼, 미소 지을 걸세.
그렇게 안될 거라면, 이 작별은 잘한 거겠지.

캐씨어스
마지막으로, 영원히, 잘 가게, 브루터스.
우리 다시 만나게 되면, 우리 미소 짓고말고.
그렇게 안될 거라면, 참말로 이 작별은 잘한 거야.

브루터스
자, 그럼, 앞으로! 아, 오늘 있을 전투가
어떤 결말을 가져올 것인지 미리 알 수만 있다면!
허나 어차피 하루해는 저물 것이고, 그 결말은
알게 될 것이니, 그것으로 됐어. 자, 앞으로!

모두 퇴장

5막 2장

필리파이 벌판의 전장

나팔소리 ; 브루터스와 메쌀라 등장

브루터스

메쌀라, 빨리 말 달려서, 이 전언을
저편에 포진하고 있는 군단에 전해주게.
즉시 공격 개시토록 해. 옥테이비어스 진영에
전의가 별반 없는 게 감지되기 때문이야.
지금 몰아붙이면 무너지게 돼 있어.
빨리 달려가, 메쌀라. 지금 총공격 하라 전해.

두 사람 퇴장

5막 3장

벌판의 다른 쪽
나팔소리 ; 캐씨어스와 티티니어스 등장

캐씨어스
저런—티티니어스, 저것 봐. 저 망할 것들
도망을 치지 않나. 내가 내 부하들을 적대케 되고 말다니.
여기 내 기수 놈도 등 돌려 도망치기에, 이 비겁한 놈을
베어 버리고, 이놈이 들고 있던 깃발을 잡았네.

티티니어스
아, 캐씨어스, 브루터스께서는,
옥테이비어스보다 군세가 우위인 데에 낙관하시어,
너무 서둘러 명을 내리셨습니다. 그래서 우리가 안토니에게
포위되었는데도, 그분 병사들은 노략질에 빠져든 겁니다.

핀다러스 등장

핀다러스
퇴각하십시오, 장군, 멀리 퇴각하십시오.
마크 안토니가 장군 군막에 쳐들어왔습니다, 장군.
하니, 캐씨어스 장군, 멀리 퇴각하셔야 합니다.

캐씨어스

이 언덕까지만이다. 저길 봐, 티티니어스.
저기 불타오르는 게 내 군막들인가?

티티니어스

그렇습니다, 장군.

캐씨어스

티티니어스, 부탁하는데,
내 말을 타고 전속력으로 박차를 가해,
저기 포진해 있는 군대로 달려갔다가 와서,
그게 아군인지 적군인지 알려 주게나.

티티니어스

즉시 다녀오겠습니다. 최대한 빨리요— 〔**퇴장**〕

캐씨어스

핀다러스, 너는 저 언덕에 올라가.
내 시력이 시원치 않아. 티티니어스의 동태를 보고,
들판에서 벌어지는 상황이 어떤지 내게 알려다오.

핀다러스 퇴장

오늘이 내가 태어난 날이지. 시간이 한 바퀴를 돌아왔으니,
내가 출발했던 바로 그 시점에서 끝마무리를 하는 거야.
내 삶은 한 바퀴를 다 돈 거야. 어이, 뭐가 보여?

핀다러스

〔위에서〕 아, 장군!

캐씨어스

무슨 일인가?

핀다러스

티티니어스를 향해 달려가는 기병들이
둘러싸고 있는데, 티티니어스 계속 달리고 있습니다.
거의 따라잡았는데 — 몇 놈이 멈추고 말에서 내려오고,
저런, 티티니어스도 말에서 내려옵니다. 잡혔군요! 〔함성〕
들리시죠? 좋아서들 소리치는군요.

캐씨어스

내려오거라. 더 볼 필요 없다.
아, 절친한 친구가 눈앞에서 생포되는 걸
뻔히 보고도 살아 있다니 — 나 같은 비겁자 또 있나!

핀다러스 다시 등장

이리 와라.
파씨아에서 내가 널 포로로 잡았지.
네 목숨을 살려 두는 대가로, 내가 무슨 일을
명하든, 넌 그걸 이행하라고 엄명했었지.
자, 이제 네 맹세를 지켜라.
넌 이제 자유인이다. 씨저의 복부를 관통한

내 이 검으로 내 가슴을 찌르거라.
대답하려 머뭇거리지 말거라. 자, 넌 손잡일 꽉 쥐고,
내 얼굴을 가릴 때, 바로 지금, 자, 찔러라.
씨저, 내게 복수를 하는구려.
그대를 죽인 바로 그 검으로 말이오— 〔**죽는다**〕

핀다러스
이래서 난 자유의 몸 되었구나. 장군의 명 따르지 않고,
내 고집대로 했더라면, 나 이리 되진 않았겠지. 아, 캐씨어스 장군!
이 나라로부터 멀리 핀다러스는 도망칠 거야—
나를 알아볼 로마인이 없는 곳으로 말이야. 〔**퇴장**〕

티티니어스와 메쌀라 등장

메쌀라
이게 다 전운(戰運)이란 거야, 티티니어스. 한편에선,
옥테이비어스가 브루터스 장군에게 제압당하고,
캐씨어스의 군단은 안토니에게 패했으니 말이야.

티티니어스
이 소식 캐씨어스에게 큰 위로가 될 거야.

메쌀라
헤어질 때 어디 계셨어?

티티니어스

낙심천만해서 — 종자 핀다러스와 이 언덕에.

메쌀라

여기 누워 있는 게 그분 아닌가?

티티니어스

살아 있는 분 같지가 않네. 아, 이런 일이—

메쌀라

그분이시지?

티티니어스

메쌀라, 이제는 아니야 — 캐씨어스는 이제 아니 계시네.
아, 지는 해 붉은 노을 속에서 어두운 밤으로 잠겨들 듯,
붉은 피 속에서 캐씨어스의 날도 저물었구려.
로마의 태양은 이미 지고, 우리의 낮 저물었구나.
구름장, 밤이슬, 위험이 다가오고, 우리 할 일 다 끝났구나.
내가 임무 마치고 가져올 보고 듣기 두려워 이리하셨구려.

메쌀라

좋은 보고 아닐지 모른다는 생각에 이리하셨구려.
아, 비관적 시각의 소산인, 혐오스런 오판이여,
어찌해서 너는 모든 걸 쉽게 받아들이는 상념으로 하여금
사실이 아닌 걸 보게 만드느냐? 아, 쉽게 잉태된 오판이여,
그대는 절대로 다행스런 결말을 낳지 못하느니 —
너를 태어나게 만든 어미를 죽이고야 말지.

티티니어스

어이, 핀다러스! 핀다러스, 너 어디 있어?

메쌀라

티티니어스, 그자를 찾아봐. 그동안 나는
브루터스를 찾아뵙고 이 소식을 그분 귀에 억지로라도
넣어 드려야겠네. 억지로 넣어 드린다고 말하는 것은,
브루터스의 귀에는 이 소식이 날카로운 창과 독 묻힌 화살
받아들이는 것과 진배없을 것이기 때문이야.

티티니어스

서두르게, 메쌀라.
난 그동안 핀다러스를 찾아보겠네. 〔**메쌀라 퇴장**〕
캐씨어스 장군, 어찌해서 나를 보내셨소이까?
나 그대의 벗들을 만났고, 그들은 내 이마에
승리의 월계관을 씌워 주면서, 그걸 장군께 전해 달라
부탁하였거늘. 저들의 함성을 듣지 못하였소이까?
아, 장군께서는 만사를 오판하셨소이다.
하지만, 잠깐, 이 화관을 장군 이마에 씌워 드리리다.
장군의 벗 브루터스께서 장군께 이걸 전하라 하셨고,
그 분부대로 하오이다. 브루터스여, 이리 다가오시어,
제가 케이어스 캐씨어스를 어찌 생각했는지 보시오.
신들이여, 용서하소서. 이것이 로마인 해야 할 도리요.
자, 캐씨어스 장군의 칼—티티니어스의 품에 들거라. 〔**자결한다**〕

나팔소리

브루터스, 메쌀라, 젊은 케이토, 스트라토, 볼럼니어스, 루씰리어스 등장

브루터스

메쌀라, 그의 시신 어디 있나?

메쌀라

저기입니다. 티티니어스가 곁에서 애도하고 있고요.

브루터스

티티니어스 얼굴이 위를 향하고 있네.

케이토

이미 죽었습니다.

브루터스

아, 줄리어스 씨저, 그대는 아직도 막강하구려!
그대의 영혼 활갯짓하며, 우릴 자신의 검으로 자해케 하는구려.

나지막한 나팔소리

케이토

군인다운 티티니어스! 숨 거둔 캐씨어스에게 월계관 씌워 드렸구려.

브루터스

이 같은 로마인 두 명 아직도 살았던가?
로마인의 마지막 징표였던 그대 — 잘 가시오.

그대에 버금가는 로마인 다시는 태어나지 않을 거요.
전우들이여, 그대들이 내게서 보는 것보다 훨씬 많은
눈물을 나는 이 돌아간 분을 위해 흘려야 한다오.
그럴 때가 있을 거야, 캐씨어스, 그럴 때가 말이야.
자, 그러면, 타소스 섬으로 시신을 옮기시오.
우리 군사들 사기를 떨어뜨릴지 모르니,
이분 장례를 진영에서 치르지는 않을 것이오.
자, 루씰리어스, 젊은 케이토, 전장으로 향하세.
라비오, 그리고 플레이비어스, 출진 준비하게.
지금 세 시로구먼. 로마인들이여, 밤이 되기 전에
다시 한 번 일전 겨루어 전운(戰運)을 가늠해 보세.

모두 퇴장

5막 4장

들판의 다른 곳

나팔소리 ; 브루터스, 메쌀라, 케이토, 루씰리어스, 플레이비어스 등장

브루터스

동포들이여, 그대들 머리 굳건히 치켜들라!

퇴장

케이토

어떤 비열한 자 그리하지 않으리. 누가 나를 따르겠느냐?
들판에서 당당히 내 이름 밝히리라.
나는 마커스 케이토의 아들이다.[11]
폭압자들에겐 적이요, 내 조국에는 벗이러니,
나는 마커스 케이토의 아들이다.

병사들 전투하며 등장

---

11 Marcus Porcius Cato는 씨저에 맞서 끝까지 싸우다가 패전하자 Utica에서 자결했다. 여기 나오는 케이토가 그의 아들이므로, 브루터스에게는 처남이자 사촌이 된다. 2막 1장 295행에 대한 주석 (각주 6) 참조.

루씰리어스

내가 브루터스다—마커스 브루터스란 말이다.
내 조국의 친구인 브루터스—내가 바로 브루터스다.
아, 젊고 용감한 케이토—그대 전사하였는가?
아무렴, 그대 티티니어스처럼 용감하게 죽음 맞으니,
과연 케이토의 아들다운 죽음에 영광 있으리—

병사 1

항복하라, 아니면 죽는다.

루씰리어스

내 죽어 주마. 네놈이 곧바로 날 죽이면 큰 보상이다.
브루터스를 죽여라—그게 너에겐 큰 영광이다.

병사 1

죽여선 안돼. 거물급 포로구먼!

안토니 등장

병사 2

비켜서. 안토니 장군께 여쭤—브루터스 잡혔다고!

병사 1

내가 보고 드리지. 여기 장군이 오시는군.
장군, 브루터스가 잡혔습니다, 브루터스가요—

안토니
어디 있나?

루씰리어스
안전한 곳에, 안토니 — 브루터스는 안전하시오.
내 확실히 말해 두지만, 그 어느 적병도
고매한 브루터스를 살아 계신 채로 잡진 못할 거요.
그런 치욕이 그분께 닥치는 걸 신들이 허용할라고!
당신이 그분을 찾아낸다 해도 — 살아 계시든 아니든 —
그분은 브루터스 본연의 모습 그대로이실 거요.

안토니
이자는 브루터스가 아니야. 허나, 확실히 말하지만,
그에 못잖게 소중한 포로야. 이자를 잘 대접해.
정중하게 대하도록 해. 이런 자들을 나는
적으로보다는 벗으로 삼고 싶다. 계속해.
브루터스가 살아 있든 죽었든, 찾아내.
그리고 상황 파악되는 대로 보고토록 해.
옥테이비어스 막사에서 기다릴 테니까.

모두 퇴장

5막 5장

들판의 다른 쪽

브루터스, 다다니어스, 클리터스, 스트라토, 볼럼니어스 등장

브루터스

자, 얼마 안 남은 전우들, 이 바위에서 쉬세.

클리터스

스타틸리어스가 횃불로 길 인도했었는데,
장군, 오지를 않는군요. 잡혔거나 죽임당한 겁니다.

브루터스

클리터스, 앉게나. '죽임'이란 말 잘 썼네.
그게 흔히 있는 일이지. 귀 좀 빌리게, 클리터스. 〔**귓속말**〕

클리터스

아니, 장군, 제가요? 아닙니다. 저는 절대로—

브루터스

쉬 — 더 말하지 말게.

클리터스

차라리 자결하겠습니다.

브루터스

귀 좀 빌리게, 다다니어스. 〔귓속말〕

다다니어스

제가 어찌 그런 짓을—

브루터스

아, 다다니어스!

다다니어스

아, 클리터스!

클리터스

브루터스가 무슨 몹쓸 부탁을 하시던가?

다다니어스

죽여 달라고—클리터스. 생각에 잠겨 계시군.

클리터스

저 고매한 분 지금 슬픔으로 가득 차,
그 슬픔이 저분의 눈에 넘쳐 흐르네그려.

브루터스

볼럼니어스, 자네 이리 좀 와서 내 말 들어 봐.

볼럼니어스

장군, 제게 무슨 하명을?

브루터스

별것 아닐세, 볼럼니어스.
씨저의 혼령이 내 앞에 두 번 밤에 나타났네.
한 번은 싸디스에서였고, 간밤에도 여기
필리파이 벌에서였지. 때가 된 걸 알겠네.

볼럼니어스

그리 생각지 마십쇼, 장군.

브루터스

난 확실히 알아, 볼럼니어스. 자네 상황이 어떻게 돌아가는지
알잖나, 볼럼니어스. 적군이 우릴 완전히 사지로 몰아넣었어.

낮은 나팔소리

스스로 뛰어드는 게 밀쳐질 때까지 기다리는 것보단 나아.
충직한 볼럼니어스, 자넨 우리 함께 학교 다닌 걸 기억하지?
옛정을 생각해서, 제발 자네 내 칼자루 움켜쥐게 — 나 달려들 테니 —

볼럼니어스

그건 친구로서 할 일 아니오, 장군.

나팔소리 계속된다.

클리터스

피하십시오, 장군. 더 지체해선 안됩니다.

브루터스

잘 있게, 자네, 또 자네도, 그리고 자네도, 볼럼니어스!
스트라토, 자넨 그동안 계속 잠에 빠져 있구나.
자네에게도 작별 고하네, 스트라토. — 동포 여러분,
내 평생을 통해 나를 진정으로 대해 준 사람들만을
내 가까이한 것 알고 내 가슴은 기쁨으로 넘친다오.
나 오늘 비록 패전하였으나, 옥테이비어스와 마크 안토니가
이 치욕스런 승전으로 거둘 것보다 더한 영광을
나는 얻으리오. 하니, 모두들 잘 있으오. 브루터스의 입은
그 삶의 이야기 들려주기를 거의 끝내었소.
밤이 내 눈 언저리를 감도오. 내 뼈도 쉬고자 하니,
이 시각에 이르기 위해 그동안 지친 모양이오.

나팔소리 ; 무대 뒤에서, "후퇴하라, 후퇴하라, 후퇴하라!"

클리터스

퇴각하십시오, 장군, 어서요!

브루터스

어서 떠나게! 나 뒤따를 테니.

클리터스, 다다니어스, 볼럼니어스 퇴장

스트라토, 부탁하는데, 자네 주군 곁에 남아 주게.
자네는 그동안 훌륭한 평판을 유지해왔어.
자네의 삶에서 명예의 기맥이 떠난 적 없으니까 —

그러니 내 검을 잡고, 자네 얼굴 돌리고 있게.
나 이 검에 달려들 테니 — 스트라토, 그래 주겠나?

스트라토

제 손을 먼저 잡아 주십시오. 장군, 안녕히 가십시오.

브루터스

잘 있게, 스트라토. — 씨저, 이제 평온을 찾으시오.
나 그대를 죽일 때 이처럼 기꺼이 하지는 않았소.

검에 달려들어 죽는다.

퇴각 나팔소리

안토니, 옥테이비어스, 메쌀라, 루씰리어스, 병사들과 등장

옥테이비어스

이자는 누군가?

메쌀라

내 주군의 시종이오. 스트라토, 장군 어디 계신가?

스트라토

메쌀라, 당신처럼 생포되실 염려는 없소이다.
승전한 자들 그분 태울 장례의 불 지필 일밖에 없소이다.
오로지 브루터스만이 브루터스를 제압토록 허락하셨고,
그분의 죽음으로 영예를 얻게 될 자 아무도 없소이다.

루씰리어스
브루터스라면 당연히 그러할 터. 브루터스, 고맙습니다.
루씰리어스가 일전에 한 말 사실이었음을 보여주시니—

옥테이비어스
브루터스를 모셨던 자 모두를 내 수하에 두겠다.
자네, 나를 위해 일할 마음이 있나?

스트라토
그러지요, 메쌀라가 나를 당신에게 천거한다면—

옥테이비어스
그렇게 해 주시오, 메쌀라.

메쌀라
스트라토, 장군께선 어떻게 돌아가셨나?

스트라토
내가 검을 잡고, 장군께서 검에 달려드셨소이다.

메쌀라
옥테이비어스, 내 주군께 마지막 봉사를 한
저 사람을 당신의 시종으로 데려가시오.

안토니
이분은 저들 중에서 가장 고매한 로마인이었소.

시해 모의자들 모두가—이분만을 제외하고—
위대한 씨저를 시기하였기에 그 짓을 하였소.
오직 이분만은, 사심 없는 명예로운 명분과
모두를 위한 공공의 선 때문에, 저들의 일원이 된 거요.
이분의 생애는 고결한 것이었고, 인성의 기질들이
이분 안에 조화를 이루었기에, 대자연마저도 일어서서,
온 세상을 향해 말하리오: "이 사람 사나이였다!"라고—

옥테이비어스

이분의 인품에 손색없는 예우를 갖추어,
존경의 뜻을 모아 장례 절차를 밟도록 합시다.
오늘 밤은 이분의 시신을 내 막사에 모시도록 하되,
군인으로서 받아야 할 예우를 갖춤에 모자람 없도록 하라.
그러면, 들판의 병사들 쉬도록 하고, 우리도 자리를 뜹시다.
전승 거둔 오늘의 영광을 함께 나누기 위해—

모두 퇴장

셰익스피어는 고대 로마를 시대적 배경으로 하는 비극을 네 편 썼다. 〈타이터스 앤드로니커스〉(1594), 〈줄리어스 씨저〉(1599), 〈안토니와 클레오파트라〉(1607~1608), 그리고 〈코리올레이너스〉(1607~1609) 이다. 이 네 작품을 '셰익스피어의 로마극'이라 부른다. 이 중에서, 〈줄리어스 씨저〉와 〈안토니와 클레오파트라〉는 각기 독립성과 완결성을 갖는 별개의 작품들이지만, 두 극에서 전개되는 이야기들이 연계성을 갖기 때문에, 후자를 전자의 속편으로 볼 수도 있다.

셰익스피어가 〈줄리어스 씨저〉를 쓸 때 작품 구축의 근간으로 삼았던 전거(典據)는 토마스 노스(Thomas North)가 영어로 번역하여 출판(1579, 1595)한 플루타크(Plutarch)의 〈영웅전〉(*The Lives of the Noble Grecians and Romans*)에 담겨 있는 씨저, 브루터스, 그리고 안토니어스의 전기(傳記)였다. 셰익스피어는 이 세 사람들의 전기를 취합하여 하나의 작품으로 극화한 것이다. 그러나 셰익스피어는 실제의 역사 기록에 매이지 않고, 세 사람의 전기에 나타나는 사건들을 무대 위에서 전개되는 한 편의 연극으로 집약적으로 보여주기 위해, 실제 일어났던 역사적 사건들이 짧은 시간 안에 진행되는 것으로 압축시켰다.

〈줄리어스 씨저〉에서 전개되는 극적 상황은, 씨저 암살을 작품의 한 가운데에 두고, 씨저 암살에 이르기까지 암살자들이 추진하는 긴박한 모의 과정이 극의 전반부이고, 씨저 살해 이후에 로마를 휩쓰는 정치적 소용돌이 속에서 씨저 살해를 주도했던 브루터스와 캐씨어스가, 씨저 살해에 대한 응징을 표방하고 새로운 정권 창출을 시도하는 안토니와 옥테이비어스에게 패배하는 과정을 극화한 것이 극의 후반부이다. 즉, 씨저 암살을 축으로 명확한 대칭적 구도를 보이는 작품이다.

극의 전개

1막 1장

플레이비어스와 마룰러스, 두 호민관은, 로마로 개선하는 줄리어스 씨저를 맞기 위해 거리로 나온 군중을 해산시킨다. 한때 그들이 환호하며 맞았던 폼페이를 제압하고 귀환하는 씨저의 입성을 축하하려 기다리는 데 대해, 두 호민관은 그들의 변절을 꾸짖고, 거리에 있는 석상들에 걸려 있는 장식을 걷어 버리기로 한다.

1막 2장

루퍼칼리아 축제에서 씨저는, 경기에 참가하는 안토니에게, 달리는 도중 자신의 아내 칼퍼니아를 건드려 줌으로써, 불임을 떨쳐버리게 해 달라고 명한다. 군중 속에서 예언자가 씨저에게 삼월 십오일을 조심하라고 경고하지만, 씨저는 이를 무시하고 축제의 장소로 간다. 뒤에 남은 브루터스와 캐씨어스는 로마 공화정의 원칙에 위배되는 씨저의 독단과

전횡에 대하여 이야기를 나눈다. 캐씨어스가 브루터스에게, 로마 공화정을 지켜낼 사람으로 시민들이 브루터스에 대해 갖는 믿음을 강조하고 있을 때, 군중의 환호성이 들리고, 두 사람은 씨저가 임금으로 추대되는 것 아닌가 저어한다. 왕권을 타파한 공화정의 수호자가 브루터스 선대였다는 사실을 캐씨어스는 그에게 상기시킨다. 경기가 끝나 씨저 일행이 돌아오고, 씨저는 안토니에게 캐씨어스의 인성에 대해 그가 갖고 있는 견해를 피력한다. 씨저 일행이 퇴장하자, 브루터스와 캐씨어스는 카스카에게 축제 행사 도중 있었던 일들에 대해 묻는다. 씨저에게 면류관이 세 번 바쳐졌으나, 세 번 다 씨저는 그를 사양하였고, 매번 그 사양의 강도는 약해지는 것 같았다고 카스카는 보고한다. 카스카와 브루터스가 자리를 뜨고 난 후, 캐씨어스는 혼잣말로, 브루터스는 훌륭한 인물이지만 남에게 쉽게 조종당하는 약점이 있고, 시민들이 보낸 것처럼 다른 필체로 쓴 쪽지들을 브루터스의 집 창문에 던져 넣어 그의 마음을 움직여 보겠다는 생각을 드러낸다.

1막 3장

폭풍우 몰아치는 밤에 카스카는 씨세로를 길에서 만나, 일련의 역천적 현상들이 국난을 예시한다고 말하지만, 씨세로는 이를 미신으로 일축하고 자리를 뜬다. 캐씨어스가 등장하여 씨저 암살의 계획에 카스카도 동참하도록 그를 포섭하고, 그날 밤 모일 장소를 일러준다. 모의자 중 하나인 씨나가 나타나자, 캐씨어스는 그에게 자신이 작성한 문구들을 적어 브루터스 눈에 띄도록 하라고 지시한다.

2막 1장

온밤을 지새우며 고뇌한 브루터스는, 정권에 대한 야심으로 가득 찬 씨저는 제거되어야만 한다고, 마침내 결단을 내린다. 캐씨어스가 보낸 익명의 편지를 읽고, 브루터스는 자신이 씨저 암살을 주도하겠다는 결심을 굳힌다. 캐씨어스를 비롯한 씨저 살해 모의자들이 도착하고, 계획을 논의한다. 씨저를 처단하는 것으로 족하다고 생각하는 브루터스는 안토니마저 죽이는 것에 반대한다. 데씨어스는 씨저 살해의 장소로 예정된 원로원으로 씨저를 필히 데려오겠다고 약속한다. 모의자들이 떠난 후, 브루터스는 잠들어 있는 하인 루씨어스를 보면서 잠 못 이루는 자신의 처지에 탄식을 한다. 브루터스의 아내 포샤가 등장하여, 남편의 심기가 불편한 이유를 묻는데, 그때 리가리어스가 찾아와 브루터스를 대동하고 원로원으로 향한다.

2막 2장

칼퍼니아는 근자에 목격된 많은 불길한 조짐들과 자신의 꿈에 대해 언급하며, 남편 씨저가 그날 원로원에 등청하는 것을 만류한다. 어떤 운명이 기다리고 있더라도 그것을 피하지 않겠다고 말하던 씨저는, 아내의 간곡한 소청을 받아들여, 칭병하고 등청하지 않겠다고 결정한다. 데씨어스가 찾아와, 모든 조짐들은 길한 것들이며, 이날 원로원 회의에서 씨저를 통치자로 인정하는 대관(戴冠)의 의식이 있을 것이라고 말하자, 씨저는 마음을 바꾸어 등청키로 한다.

2막 3장

아테미도러스가 등장하여, 씨저에게 위해를 가할 사람들의 이름을 열거하고 그들을 경계하라는 간언이 담긴 서찰을 읽고, 그것을 씨저에게 전하겠다고 말한다.

2막 4장

포샤가 남편 브루터스의 안위를 걱정하며 안절부절못하고 있을 때, 예언자가 지나가며 씨저에게 닥쳐오는 위해를 그에게 알려 주어야겠다고 말한다. 포샤는 루씨어스를 원로원으로 보내며, 브루터스에게 무슨 변고가 있지는 않은지 알아보라고 지시한다.

3막 1장

원로원 청사에서 기다리던 예언자는 삼월 십오일은 아직 저물지 않았다고 씨저에게 경고한다. 아테미도러스가 그의 서찰을 씨저에게 전하려 하지만, 씨저는 그를 무시하고 원로원 회의로 향한다. 암살자 중의 하나가 이미 각하된 청원을 다시 시도하고, 씨저는 그를 모욕적인 언사로 대한다. 이 순간을 기다렸던 모의자들은 차례로 덤벼들어 씨저를 척살한다. 브루터스의 지시대로, 살해자들은 씨저의 피로 그네들 손을 적시고, 공화정의 지속을 맹세한다. 그때 안토니의 전령이 도착하여, 씨저 암살의 이유가 납득할 만한 것이라면, 그네들과 행동을 같이할 의향이 있다는 안토니의 말을 전한다. 캐씨어스의 반대에도 불구하고, 브루터스는 안토니의 제안을 받아들이기로 한다. 한 걸음 더 나아가, 브루터스는 안토니로 하여금 군중 앞에서 씨저 죽음을 애도하는 연설을 하도록 허용한다. 암살자들이 자리를 떠난 후, 안토니는 독백을 통하여 씨저 살해를 응징함은 물론, 이 사건을 정치적 회오리바람을 일으킬 계기로 삼겠다는 그의 속내를 드러낸다. 곧 씨저의 양아들 옥테이비어스가 로마에 도착했다는 전갈이 온다.

3막 2장

로마 군중 앞에서 브루터스는 공화정의 지속을 위해 씨저를 처단함이 불가피했음을 역설하고, 그의 연설의 요지도 파악 못한 군중은 씨저 대신 브루터스에게 왕관을 씌우자고 외치기도 한다. 곧 씨저의 시신을 모시고 안토니가 나타나자, 브루터스는 군중에게 안토니의 조사(弔辭)를 경청해 달라고 부탁한 후 퇴장한다. 표면상으로는 씨저 살해자들에게 경의를 표하는 듯하면서도, 안토니는 씨저의 인간적인 면을 강조하여 청중의 감성에 호소하는 연설을 들려줌으로써, 로마 군중을 죽은 씨저와 그의 죽음을 애도하는 자신의 편으로 완전히 끌어올 뿐만 아니라, 씨저 살해자들에 대한 증오심을 촉발시켜 폭동으로 유도한다. 군중은 씨저 살해자들의 집을 불태우겠다고 외치며 퇴장하고, 혼자 남은 안토니는 자신이 들려준 연설이 상황을 완전히 바꾸어 놓은 것에 회심의 미소를 짓는다. 브루터스와 캐씨어스가 로마를 떠나 피신하였다는 소식을 듣고, 안토니는 이미 로마에 도착한 옥테이비어스에게로 향한다.

3막 3장

일군의 폭도들은 거리에서 만난 시인 한 사람의 이름이 '씨나'라는 것을 알고, 그 이름이 씨저 살해자 중의 하나와 동일하다는 이유만으로 그를 살해한다.

4막 1장

삼두정치를 시작한 안토니, 옥테이비어스, 레피더스는 그네들의 정권에 걸림돌이 될 것이므로 처형해야 할 사람들이 누구인지 그 명단을 점검한다. 안토니는 레피더스가 심부름차 자리를 뜨자, 레피더스가 대권을 나누어 가질 자격은 없지만, 당분간 이용할 가치는 있다고 말하며, 그를 폄하한다. 안토니와 옥테이비어스는 브루터스와 캐씨어스가 일으킨 군대를 진압할 계획을 세운다.

4막 2장

캐씨어스를 만나고 브루터스의 막사로 돌아온 루씰리어스는, 캐씨어스의 태도가 여느 때와 달리 냉담하였다고 보고한다. 이를 들은 브루터스는 자신과 캐씨어스의 사이가 소원(疏遠)케 되었음을 재확인한다. 캐씨어스가 브루터스의 막사를 찾아와, 브루터스에 대해 섭섭하게 느끼는 자신의 심기를 토로하고, 브루터스는 자신의 막사에서 두 사람이 허심탄회하게 이야기를 나누자고 제안한다.

4막 3장

캐씨어스는 자신의 만류에도 불구하고, 그의 부하 한 사람을 브루터스가 뇌물수수죄로 징벌에 처한 사실에 대해 항의하면서, 비상시에는 부하들을 통솔하는 데 있어 엄격한 규율의 잣대를 적용할 수만은 없다고 말한다. 브루터스 또한 캐씨어스가 재정관리에 있어 선명치 못하였다고 비판하는데, 이에 모욕감을 느낀 캐씨어스는 자신의 검을 브루터스에게 건네며, 차라리 죽여 달라고 청원하는 극적인 반응을 보인다. 이에 브루터스의 마음이 누그러지게 되고, 둘은 화해한다. 시인 하나가 등장하여

두 사람 사이에 불화와 반목이 있어서는 안된다고 강조하지만, 브루터스는 경멸에 가득 찬 말로 시인을 쫓아낸다. 그리고나서 브루터스는 캐씨어스에게, 자신이 그토록 감정적으로 캐씨어스를 대한 것은, 남편의 안위를 걱정한 포샤가 자살을 하고 만 사실에 그 부분적 원인이 있음을 실토한다. 메쌀라가 등장하여, 로마에서는 여러 사람이 처형되었고, 안토니와 옥테이비어스가 토벌군을 이끌고 진격해오고 있다고 보고한다. 메쌀라가 포샤의 죽음을 언급하자, 브루터스는 그 소식을 처음 접하는 양 행동함으로써, 아내의 죽음을 담담히 받아들이는 모습으로 메쌀라를 압도한다. 브루터스는 적군이 야영하고 있는 필리파이 벌로 진격할 것을 주장하고, 캐씨어스는 현재의 위치에 머물며 적을 기다리는 것이 현명한 작전이라는 것을 알지만, 브루터스의 주장에 굴복하고 만다. 캐씨어스가 떠난 후, 막사에 혼자 남은 브루터스 앞에 씨저의 혼령이 등장하여, 필리파이 벌에서 다시 만날 것을 예고한 후 사라진다.

5막 1장

브루터스와 캐씨어스가 불리한 포진을 한 것을 옥테이비어스와 안토니는 다행스럽게 여긴다. 그리고 안토니가 전투 경험에 있어 자신보다 우월한 사람인 것을 알면서도, 옥테이비어스는 중요성이 더한 우현을 자신이 지휘하겠다고 우긴다. 브루터스와 캐씨어스가 이끄는 군대가 도착하고, 양 진영의 지휘관들은 일전을 앞두고 서로를 비방한다. 캐씨어스는 메쌀라에게 자신이 느끼는 불길한 예감을 토로하고, 이어서 브루터스와 캐씨어스는 서로에게 비장한 이별을 고한다.

5막 2장

옥테이비어스가 이끄는 부대의 세가 약해지는 것을 본 브루터스는 즉각적인 공격을 명한다.

5막 3장

적세에 몰린 캐씨어스와 티티니어스는, 브루터스가 공격을 너무 일찍 개시함으로써 전세가 불리해졌다고 판단한다. 곧이어 핀다러스가 도착하여 적군이 지휘본부를 공격하고 있음을 알린다. 캐씨어스는 티티니어스에게 정탐을 명하고, 핀다러스로 하여금 고지에 올라 상황을 보고토록 지시한다. 티티니어스가 아군에게 둘러싸여 승전을 기뻐하는 모습을 잘못 본 핀다러스는, 티티니어스가 적군에 생포되었다고 보고하고, 이에 절망한 캐씨어스는 핀다러스의 도움을 받아 자결한다. 곧이어, 브루터스가 옥테이비어스에게 승전하였음을 알리려, 티티니어스가 메쌀라를 대동하여 도착하지만, 캐씨어스는 이미 죽은 상태이다. 메쌀라가 캐씨어스의 죽음을 브루터스에게 보고하려 자리를 뜨자, 티티니어스는 친구이자 주군인 캐씨어스의 뒤를 따르려 스스로 목숨을 끊는다. 이 자리에 도착한 브루터스는 밤이 되기 전 다시 공격을 개시하기로 결정한다.

5막 4장

브루터스는 퇴각할 수밖에 없는 상황에 처하게 되고, 루씰리어스는 자신이 브루터스라고 천명함으로써 자신의 죽음으로 주군의 생명을 지키려 하지만, 생포되고 만다. 그 자리에 도착한 안토니는 주군을 살리기 위해 자신의 목숨을 내건 루씰리어스에게 경의를 표한다.

5막 5장

패전 후, 생포를 앞에 둔 브루터스는 부하들에게 자결을 도와 달라고 부탁하지만, 그에 응하는 사람을 찾지 못한다. 적군이 목전에 닥치자, 마침내 그의 시종 스트라토에게 자신의 검을 잡고 있도록 명하고, 그에 달려듦으로써 스스로 목숨을 끊는다. 승전한 안토니와 옥테이비어스가 그 자리에 도착하여, 브루터스의 시신을 군장(軍葬)의 예를 갖추어 엄숙히 모실 것을 명한다.

브루터스의 비극

셰익스피어가 이 작품에 부여한 명칭은 '줄리어스 씨저의 비극'(*The Tragedy of Julius Caesar*)이다. 이 작품을 처음으로 활자화하여 출판한 1623년판 '첫 번째 폴리오'('The First Folio')에 실린 작품명이 그러하다. 그런데 작품 공연을 보고 나서 — 아니면, 작품을 읽고 난 뒤 — 우리는 이 작품의 진정한 주인공이 씨저라기보다는 브루터스라는 느낌을 갖게 된다. 연극의 진행만을 놓고 보더라도, 씨저는 극의 진행에서 가운데 부분에 해당하는 3막 1장에서 죽임을 당하게 되므로, 이 극의 후반부는 작품명에 들어 있는 씨저라는 극중인물 없이 진행되는 것이다.

씨저에게 갑작스런 죽음이 닥치도록 만드는 요인은 그의 오만(*hubris*)이다. 로마에서 절대 권력을 행사할 수 있는 위치를 확보하기 위해, 씨저는 그의 정적이었던 폼페이를 제압했다. 무소불위의 권력을 쟁취하기 위해 씨저는 많은 전공(戰功)을 세웠고, 그로 인해 로마의 원로원 의원들은 그에게 최고의 지위를 부여했을 뿐 아니라, 급기야는 절대 군주에 버금가는 권력을 행사할 수 있도록 한다. 이렇게 해서 권좌에 오른 씨저를 무대 위에 올려놓으면서, 셰익스피어는 관객마저도 역겨움을 느낄 정도로 그를 오만의 극을 다한 인물로 그려낸다. 따라서 씨저의 정치적 성공을 시기하고 그를 증오하는 살해 모의자들이 보이는 심리의 흐름은 관객들에게도 어느 정도 타당성을 갖는 것으로 다가온다. 씨저가 척살당하기 직전, 메텔러스 씸버가 추방당한 자신의 아우를 사면해 달라는 청원을 할 때, 씨저의 대답은 이렇다.

> 씸버, 그쯤 해 두오. 이런 굽실거림이나 비굴한 태도는
> 보통 사람들의 피를 뜨겁게 달아오르게 하여,
> 애초에 결정되고 법령으로 굳어진 결의사항을
> 어린아이들 하듯 뒤집을지 모르오. 어리석게도,
> 씨저의 성정이 올곧지 못해, 바보들이나 녹일 언행으로
> 정도(正道)를 벗어나게 만들 수 있다고 생각지 마오.
> 이를테면, 듣기 좋은 말, 비루한 굽실거림,
> 개가 꼬리 살랑대는 것 같은 아첨 말이오.
> 그대의 아우는 법의 결정에 따라 추방되었소.
> 그대가 굽실거리고 애원하고 아유를 하여도,
> 나 그대를 개처럼 발길질해서 물리치겠소.
> 알아 두시오. 씨저는 부당한 일 하지도 않고,
> 이유 없이 마음먹은 대로 행하지도 않소.
>
> (3막 1장, 37~49행)

그리고 곧이어 암살자들이 먹이를 향해 모여드는 승냥이들처럼, 각자 품에 지닌 단검에 손을 가져가며 다가드는 것도 모르고, 씨저는 이렇게 말한다.

내가 그대들 같다면, 마음이 움직일지 모르겠소.
내가 남에게 소청할 사람이라면, 소청이 날 움직일지 모르오.
허나, 나는 북극성처럼 변함이 없으니,
요지부동 별자리 지키고 동요 없음에는
그와 비견할 짝패 있을 수 없는 것이오.
하늘은 헤아릴 수 없이 많은 반짝임으로 가득하고,
그 모두가 불이요, 하나하나가 빛을 내오.
허나, 그 중 오로지 하나만이 제자리를 지키오.
이 세상도 그러하오. 세상엔 출중한 사람들 많고,
인간은 육신을 가졌으되 이성 또한 갖추고 있소.
허나, 그 많은 중에 공략할 수 없게 자신의 위치 지키며
흔들림 없는 자 하나밖에 없고, 그게 바로 나라는 것을
바로 이 문제 하나로 보여주고자 하오. 씸버 추방할 것을
나 변함없이 주장했고, 내 결정은 불변이오.

(3막 1장, 59~72행)

이런 말은 씨저에 대한 열등감과 증오심 때문에 그를 척살하려 모인 암살자들뿐만 아니라, 관극을 하고 있는 우리들마저 혐오감을 느끼도록 만드는 오만의 극을 다한 자존망대의 발화이다. '성격이 곧 운명이다'라는 생각은 씨저의 경우에 그대로 적용될 수 있겠다. 무인으로서 씨저가 가지고 있는 탁월한 지략과 카리스마는 그를 로마 제일의 권력자로 부상케 했다. 그러나 그가 보이는 안하무인격인 오만은 많은 적들을 만들어 내고, 급기야는 절대 권력이 부여되는 순간인 대관(戴冠) 의식을 바로 앞에 두고 그는 척살을 당한다.

그러나 셰익스피어가 이 극에서 부각시키려 했던 것은 씨저의 성격적 결함(*hamartia*)인 오만(*hubris*)이 아니다. 오히려 씨저의 성격이 주변 인물들로 하여금 그에 대해 증오심을 갖도록 할 충분한 이유가 있었음을

보여주고, 따라서 씨저 살해의 배후에 자리 잡고 있는 심리적 동인(動因)에 관객이 어느 정도 공감대를 형성할 여백을 마련해 줌으로써, 셰익스피어는 씨저 살해를 추진하고 결행한 암살자들—특히 브루터스와 캐씨어스—의 동기와 행위가 얼마만큼 정당성을 가질 수 있는가를 작품 속에서 조명하려는 것이다.

씨저에게 비극적 죽음을 가져온 그의 성격적 결함이 '오만'이라고 한다면, 그를 제거하기 위한 모의를 한 암살자들로 하여금 일치된 결의에 이르도록 만드는 것은, 그네들의 상처받은 자존심이다. 브루터스를 제외하고, 캐씨어스를 비롯한 씨저 암살 모의자들은 나름대로 씨저에 대한 사적인 원한, 아니면 씨저보다 열등한 자로서 갖게 된 상처받은 자존심의 아픔을 느낀다. 이는 우리가 인정하고 싶지 않지만, 인간성에 내재하는 추악한 일면으로서, 자신보다 우월한 자에 대해 갖게 되는 증오심을 노정하는 것이기 때문에, 극의 진행을 위해 무리 없이 도입될 수 있는 모티프이다. 브루터스를 모의에 끌어들이려 그를 설득하는 과정에서, 캐씨어스는 자신이 씨저에 대해 개인적으로 갖고 있는 증오를 다음과 같은 말로 허심탄회하게 술회한다.

> 자네나 다른 친구들이 이런 삶을 어떻게 생각하는지
> 나는 모르겠네만, 나 자신 하나만 놓고 본다면,
> 나와 별반 다를 것도 없는 자를 두려워하며 사느니,
> 차라리 죽는 게 낫다는 생각일세.
> 나 씨저 못잖은 자유인으로 태어났고, 자네도 그래.
> 우리 둘 다 그 못잖게 잘 먹고 지내왔고,
> 그자만큼 겨울 추위를 견뎌낼 수 있어.
>
> …
>
> 우리의 위대한 선조 에이니어스가 트로이의
> 불길 속에서 늙은 안키세스를 어깨에 울러 메고

구해냈을 때처럼, 티베르 강의 파도로부터
기진맥진한 씨저를 구해냈네. 헌데, 이자는
지금 신이 된 걸세. 그리고 캐씨어스는
별 볼일 없는 존재라서, 씨저가 대수롭잖게
고개만 주억거려도 몸을 굽혀야 하는 거야.
그자가 스페인에 있을 때 열병에 걸렸는데,
발작이 그자를 덮쳤을 때, 온몸을 사시나무
떨 듯하더군. 정말일세—이 신 같은 자가 말이야.

…

그처럼 유약한 성품의 소유자가
이 웅대한 세계를 좌지우지 뒤흔들고
영광의 종려가지를 잡다니—

(1막 2장, 92~130행)

캐씨어스가 브루터스에게 위와 같이 토로할 때 분명히 드러나는 것은, 씨저에 대해 그가 갖는 개인적인 열등감과 분노, 그리고 상처받은 자존심이 그로 하여금 씨저를 제거할 마음이 들도록 하였다는 사실이다. 이와 견주어 볼 때, 브루터스의 경우는 어떠한가?

브루터스는 이상주의자이자 관념론자이다. 그는 로마의 공화정(republicanism)을 신앙처럼 간직하며 평생을 살아왔다. 더구나 그보다 다섯 세기 전에 살았던 그의 선조 루씨어스 주니어스 브루터스(Lucius Junius Brutus)는 로마의 마지막 임금이었던 타퀸(Tarquin)을 왕위에서 몰아내고 공화정을 확립한 그의 정신적 지주였다. 캐씨어스가 브루터스를 음모에 끌어들이려 그를 설득하는 과정에서 그의 마음을 움직이기 위해서는, 바로 브루터스의 조상이 로마의 공화정을 반석 위에 올려놓은 역사적 인물이었고, 그가 조상의 뜻을 이어받아 행동으로 옮기려면, 그 옛날의 타퀸처럼 왕으로 군림하게 될지도 모를 씨저를 제거함으로써 가문의 전통을 이어가야 한다는 생각이 들도록 해야 한다.

캐씨어스가 개인적 열등감으로 인해 씨저를 증오하는 것임에 반해, 브루터스는 씨저의 총애를 받고 있으며, 그 또한 씨저를 한 인간으로서 좋아한다. 그러나 남다른 개인적 친분을 나누는 사이임에도 불구하고, 브루터스는 씨저 제거에 동참할 뿐만 아니라, 그 일을 주도하기에 이른다. 씨저와 나누는 개인적 친분과 로마의 공화정이라는 대의(大義) 사이에서 갈등하며 고뇌하는 브루터스는, 현실과 이상의 괴리 앞에서 번민하는 한 관념론자, 이상주의자의 모습을 보여준다. 어찌 보면, 브루터스는 셰익스피어의 다른 비극의 주인공인 햄릿의 전신(前身)이라고 보아도 무방할 정도로, 사변의 세계에 몰입하는 모습을 보여준다.

그가 죽어야만 문제가 풀려. 나 개인으로 보면,
내가 그에게 발길질을 할 아무런 사적인 이유는 없어—
다만 공공의 대의를 위해서일 뿐—그는 왕관을 쓰고자 해.
그랬을 때 그의 성품이 어떻게 바뀔 것인지—그게 문제야.
날씨가 화창하면 독뱀이 기어 나오게 돼 있어.
그래서 경계해야 된다는 거야. 왕관을 씌워? 그건—
그러면, 그에게 독아(毒牙)를 심어 주는 것인데,
그건 마음먹은 대로 위해를 가할 수 있다는 얘기지.
절대 권력의 폐해는 그 힘을 행사할 때
연민의 정이 따르지 않는 것이야. 그런데 씨저로 말하자면,
그의 이성보다는 감성이 우위를 점했던 경우를
난 본 적이 없어. 헌데, 겸양이란 것이, 야심이 자라나는
과정에 딛고 올라갈 사다리임은 잘 알려져 있지.
신분 상승하려는 자 얼굴을 위로 쳐들고 오르지만,
일단 사다리의 꼭대기에 도달하는 순간,
기어오르던 사다리에 등을 돌리고는

구름 속을 쳐다보며, 그가 이제껏 밟아온 단계를
사뭇 조소하게 되는 거야. 씨저도 그럴 것이야.
그리 되지 않도록 미리 막아야지. 그리고 그를 비방할
아무런 명분을 그의 현재 모습에서 찾을 수 없으니,
이렇게 생각해 보자—현재의 그가 세력이 커지면
이러이러한 극한의 압제 행위로 이어질 것이다.
그러니 씨저를 채 부화되지 않은 뱀의 알로 보자—
알 깨고 나오면, 그 본성대로 고약한 형질을 드러낼 테니,
알껍데기 속에 있을 때 죽여 버리는 거다.

(2막 1장, 10~34행)

앞으로 일어날지 모르는 상황을 미리 상정해 보면서, 그를 미연에 방지하기 위해서는 아직까지 압제자로서의 횡포를 보인 적 없는 씨저를 제거함으로써 후환을 없애야 한다는 결론에 이르는 것이다. 주어진 현재 상황에 근거해서가 아니라, 일어날 수 있는 사태를 상정해 보고, 씨저를 죽임으로써 로마의 공화정이 흔들림이 없도록 해야겠다는 브루터스의 결정은 그가 절대론자(absolutist)라는 사실을 입증한다.

인간사 모두에서 그러하듯이, 정치의 세계에서도 상대론(relativism)에 입각한 시각은 삶의 질서를 유지하는 데 필요하다. 하나의 원칙을 고수하고, 그에 위배되거나 위협이 될 소지가 있는 모든 가능성을 철저하게 차단하여야 한다고 믿는 것은 절대론(absolutism)에서 비롯하는 것이고, 이처럼 경직된 사고는 많은 경우에 인간사회에 재앙을 가져왔다. 모든 이데올로기는 삶을 황폐케 하여온 근원이라는 것을 우리는 인류 역사를 회상해 봄으로써—또한 직접적인 체험을 통해—알고 있다. 정해진 사고의 틀 속에서만 사유하고 행동하는 것은, 인간의 삶이 내포하는 가변무한의 진리를 부정하는 것이고, 편협한 사고의 틀에 갇혀 행동한 인간들이 얼마나 큰 재앙을 그들이 속한 사회에 불러왔는가를 역사는 증명한

다. 그럼에도 불구하고, 우리는 브루터스를 사악한 인간으로 보지 않는다. 그가 겪은 번민과 고뇌가, 그리고 그가 마침내 도달한 결론에 따라 그가 서슴지 않았던 기존의 사회적 질서를 파괴하는 행위가, 결코 사적인 상황에서 출발한 것이 아님을 알기 때문이다. 그리고 바로 이 사실이 브루터스의 비극의 요체인 것이다.

인간이 벗어날 수 없는 한계성은 자신의 실체를 제대로 파악하지 못한다는 데에 있다. 이상론자라면 누구나 자신이 그려보는 세계가 절대선(絶對善)이라고 생각한다. 그리고 그것을 추구하는 자신의 행위는 정당할 뿐만 아니라, 그것이 자신이 이룩해야 할 성업(聖業)이라 믿는다. 이러한 사유의 과정에서 너무나 자주 뒤따르는 것은 자아(自我)의 실체에 대한 무지(無知)이다. 셰익스피어의 또 다른 비극 〈리어 왕〉에서 에드먼드에게 생포된 코딜리어는 함께 포로로 잡힌 아버지 리어에게 이렇게 말한다. "일 잘되게 하려다가 최악의 상황을 초래한 건 우리가 처음은 아니에요"("We are not the first who with best meaning have incurred the worst")(〈리어 왕〉, 5막 3장, 3~4행). 상황은 다르지만, 우리는 이 대사가 브루터스의 입에서 나올 수 있고 또 나와야 할 말이라는 생각을 갖게 된다.

브루터스는 씨저 못지않게 자존과 자아확신에 찬 인간이다. 아이러니컬하게도, 브루터스는 그가 씨저에게서 본 '자아확신'이라는 인간적 결함이 그 자신에게도 있다는 사실을 깨닫지 못한다. 그리고 자아에 대한 앎(self-knowledge)을 결한 상황에서, 타인을 단죄하고 사회 질서를 옳은 궤도에 올려놓겠다고 마음먹고 그를 결행하는 브루터스는, 자아에 대한 맹신으로 자신이 속한 사회를 무질서와 혼돈의 상태로 몰아가는 것이다. 씨저를 제거해야 로마의 공화정이 건재할 수 있다는 결론을 내리고, 자신을 남다르게 아끼고 믿어온 씨저의 가슴에 비수를 꽂는 순간, 브루터스는 이미 몸에 피가 흐르는 한 인간이 아니라, '로마의 공화정'이라는 한 이념의 노예가 된 '비인간'으로 전락하고 만 것이다. 씨저 살해에 관한 모의가 끝난 후, 씨저의 충복인 안토니도 제거해야 하지 않겠느냐는 캐씨어스의 질문에, 브루터스는 이렇게 답한다.

케이어스, 제물 바치는 사제는 될지언정 도살자는 되지 맙시다.
우리 모두는 씨저의 기운을 꺾기 위해 일어서는 것이고,
인간의 기운 속에 피가 흐르는 건 아니잖소?
아, 우리가 씨저의 기운만을 취하고
그의 몸을 난도질하지 않을 수 있다면! 허나, 어쩌리요,
씨저는 피를 흘려야 하오. 그리고, 고결한 동지들,
그를 담대하게 죽이되 분노하여 죽이진 맙시다.
제신들 위한 제상에 진설키 위해 그를 죽이되,
개들에게 던져 줄 살점처럼 그를 베진 맙시다.
그리고 우리 심장이 ― 영리한 주인들 하듯 ―
그 종복인 격정으로 하여금 광기 어린 일 저지르게 한 뒤,
나중에 짐짓 나무라도록 합시다. 그래야만 우리의 거사가
필요에 의한 것이지 악의 때문이 아니었음을 입증할 거요.
대중들의 눈에 그렇게 보일 때, 우리는
살인자가 아니라 치유한 자로 불릴 것이오.

(3막 1장, 166~180행)

이 대사는 자가당착과 모순으로 가득 차 있다. 인명 살상이라는 행위의 정당성을 확보하기 위해 이념과 상념의 허상을 덧씌우는 것이다. 그리고 씨저 살해가 자행되고 난 후, 브루터스는 다음과 같은 말을 함으로써, 암살자들이 저지른 비열한 살인이라는 행위를 하나의 제의적인 차원으로 끌어올리려 한다.

그렇게 보면, 죽음은 바람직한 거요.
그러니 죽음 두려워할 기간을 줄여 주었으니,
우린 씨저의 벗들인 셈이요. 자, 로마인들이여, 수그리시오,
수그려서 우리들 손을 씨저의 피에 담가 팔뚝까지
홍건히 적시고, 우리 비수 또한 피범벅을 만듭시다.
그리곤 우리 시장까지 함께 걸어 나가,
피 홍건한 단검을 머리 위에 쳐들어 흔들면서,
함께 이렇게 외칩시다. "평화다, 자유다, 해방이다!"
(3막 1장, 104~111행)

다른 암살자들의 칼부림이 있은 다음, 브루터스가 마지막 일격을 가해올 때, 씨저는 이렇게 한 마디를 외치고 쓰러진다.

"브루터스, 너마저? 허면, 씨저 쓰러질밖에!"
(3막 1장, 78행)

원문은 "*Et tu, Brute*? —Then fall Caesar!"이다. 왜 셰익스피어는 이 부분에서, 씨저가 죽기 전 마지막 하는 말에, 굳이 라틴 말 세 마디가 들리도록 했을까? 결코, 의미 없는 현학적 어귀는 아닐 것이다. 브루터스의 칼이 그토록 자신이 아끼던 자가 내지르는 것이라는 현실 앞에, 씨저의 가슴은 미어진다. "엣 투, 브루터?" 자신이 아끼던 브루터스가 내지르는 비수가 그의 가슴을 찌를 때, 씨저는 그가 느끼는 육신의 고통은 물론, 배신의 아픔을 그가 내뱉는 이 소리에 담고 있다. '*Brute*'는 라틴 말에서 문법상 고유명사 'Brutus'의 호격(呼格)이다. 그러나 관객에게는 'Brute'라는 단어는 '짐승'이라는 영어 단어를 곧바로 연상시키고, 씨저의 이 말은 단순히 "브루터스, 너까지도?"라는 의미를 넘어서, "네놈까지? 짐승 같은—" 이런 소리로 들린다.

브루터스의 비극은 그가 이념의 노예가 되어 '비인간화'의 과정을 밟는 데서 끝나지 않는다. 그가 그토록 염원했던 로마 공화정의 영원한 지속이 그가 씨저를 살해함으로써 과연 가능하게 되었던가? 역사가 증명하는 것은, 씨저 살해로 인해 촉발된 기존 질서의 붕괴는 로마 공화정의 지속이 아니라, 오히려 로마를 내분과 전란의 소용돌이로 몰고 갔다는 사실이다. 정권 탈취를 위해 세력을 합친 안토니와 옥테이비어스는 씨저 암살에 대한 응징을 표방하고 세를 모은다. 그리고 씨저 암살을 주도한 브루터스와 캐씨어스는 이들에 맞서 싸울 수밖에 없다. 그 결과는 무엇인가? 브루터스가 내세웠던 '대의'의 패배이다. 또 그 최종적 결말은? 〈안토니와 클레오파트라〉에서 셰익스피어가 그려 놓은 대로, 브루터스가 씨저를 살해하였을 때는 생각지도 않았던 결말—즉, 씨저의 양아들 옥테이비어스가 안토니를 제압하고, 종국에는 로마 최초의 '황제'('Augustus'라는 호칭을 갖게 된)로 등극하는—로 이르게 되는 것이다. 역사의 아이러니이자 브루터스가 가졌던 열망이 얼마나 허황한 것이었던가를 보여주는 결말이다.

이상주의자는 그의 이상을 추구하는 동안에 회의(懷疑)가 찾아드는 것을 가장 두려워한다. 만약에 회의가 끼어들게 되면, 그건 악몽일 수밖에 없다. 왜냐면, '회의'는 '자아확신'의 죽음을 의미하기 때문이다. 씨저를 살해하고 난 후, 민란의 소용돌이 속에서 브루터스는 물리적으로는 자기방어, 그리고 정신적으로는 자기합리화를 위해 몸부림치는 상황으로 몰린다. 이 과정에서 그를 끊임없이 괴롭히는 것은, 단순히 시시각각으로 다가오는 신체적 위협만이 아니라, 그가 로마의 최고 권력자였던 씨저 살해를 주도한 자라는 사실의 당위성에 조금씩 회의를 갖게 되었다는 사실이다. 브루터스 자신도 알고 있다. 그가 군막에서 씨저 살해의 공범자였던 캐씨어스와 언쟁을 할 때(4막 3장), 이미 자신은 옛날의 브루터스가 아니라, 너절한 군비 충당에 연연하는 일선 지휘관의 신세로 추락하고 말았다는 것을. 그렇기 때문에, 캐씨어스와 화해를 하고 난 후, 혼자 군막에서 가물거리는 촛불 앞에서 책을 읽으려 할 때, 씨저의 혼령이 나타나는데, 누구냐 묻는 브루터스에게 씨저의 혼령은 이렇게 대답한다.

> 너의 악령이다, 브루터스.
>
> (4막 3장, 294행)

이 대답은 복합적인 의미를 담고 있다. 그 하나는, 브루터스를 끊임없이 괴롭게 만든 씨저의 망령이라는 의미이다. 로마의 공화정이라는 대의를 위해 씨저를 살해했으나, 시간이 흐르면서 그 행위의 정당성에 대한 회의가 커짐으로 인해, 브루터스는 괴로웠다는 뜻이다. 다른 하나는, 씨저라는 한 인간을 특징지어 주었던 자아확신과 자만, 바로 그 결함이 브루터스 자신은 깨닫지 못하지만 그에게도 있다는 말도 된다. 일찍이 캐씨어스 일당이 브루터스를 모의에 끌어들이려 할 때, 명망 있는 원로원 의원 씨세로도 영입해야 하지 않겠느냐는 문제를 그들은 의도적으로 거론한다. 그때 브루터스는 이렇게 반응한다.

> 그분 이름은 거론치 맙시다. 그분께 알리지도 말고—
> 다른 사람들이 시작한 일을 따라서 할 분이 아니니까.
>
> (2막 1장, 150～151행)

이 말은 브루터스가 자신을 두고 하는 말처럼 들린다. 브루터스는 그도 의식하지 못하는 사이에 모의의 중심에 있고 싶은 그의 마음을 드러내고 있다. 그리고 그는 씨세로가 모의에 가담함으로써 브루터스 자신의 위상이 씨세로에 의해 그늘지워지는 것을 용납할 수 없다. 어찌 보면, 이런 면에서 브루터스는 씨저와 닮은꼴이다.

브루터스에게 씨저는 악몽일 수밖에 없다. 로마 공화정의 건재를 위해서라는 명분으로 그는 절친한 벗이기도 했던 씨저를 살해했다. 그러나 나타난 결과는 무엇이었던가? 캐씨어스의 반대에도 불구하고 그가 살려 둔 안토니는 민중의 절대적 지지를 확보한 후, 씨저 살해에 연루된 것으로 추정되는 많은 사람들을 대상으로 피의 숙청을 단행하고, 씨저 살해를 응징하려 한다는 명분하에 옥테이비어스와 합세하여 브루터스 일당의 토벌에 나선다. 물론, 안토니와 옥테이비어스가 목표로 하는 것은 국가 혼란기를 기화로 새로운 정권을 창출하려는 것이고, 여기서 우리가 목격하는 것은 씨저라는 한 절대 권력자가 사라진 다음에 필연적으로 찾아오게 되는 정치적 혼란과 무정부 상태이다. 그리고 씨저 암살을 주도한 브루터스가 그 모두에 대해 책임을 져야 함에는 논란의 여지가 없다. 브루터스 자신이 이 모든 사실을 알고 있으므로, 씨저는 브루터스에게 '악령'일 수밖에 없다. 이상을 위해, 씨저를 중심으로 정립되었던 기존 질서를 파괴한 결과가 혼란과 무정부 상태라는 엄연한 현실 앞에서, 브루터스는 자신이 가져왔던 로마 공화정의 꿈 — 요새 말로 하면, '민주화'에 대한 열망 — 이 한낱 허상이었음을 깨닫게 되는 것이다.

셰익스피어는 한 이상주의자가 그가 추구하는 이념의 실현을 위해 기존 질서를 파괴하였을 때 얼마나 큰 재앙을 불러올 수 있는가를 이 작품에서 보여준다. 씨저라는 절대 권력자의 존재는 로마의 공화정에 위협이 될 것이라는 믿음 때문에 씨저 암살을 주도한 브루터스의 짧은 연설을 듣고, 우매한 로마 군중은 브루터스를 '씨저로 받들자'(3막 2장, 51행)고 외친다. 브루터스가 왜 씨저를 제거하려 마음먹었는지, 그의 설명을 듣고서도 내용을 전혀 알아듣지 못했기 때문이다. 이런 우중을 마음먹은 대로 움직이는 인물은 군중심리를 잘 알고 그를 조종할 능력을 갖춘 안토니이다. 암살자들 앞에서 당당하게 처신하며, 죽임을 당한 주군 씨저에 대한 충성심을 보이는 것을 주저치 않는 안토니에게서 우리는 브루터스가 갖지 못한, 인성을 꿰뚫어 보는 능력과 정치적 수완을 본다. 뿐만 아니라, 브루터스가 이끈 정변은 결국, 로마의 정치 무대에 안토니와 옥테이비어스가 등장할 계기를 마련해 주는 역할밖에 한 것이 없다는 사실을, 극의 진행은 보여준다. 역사를 이끌어 보려는 의도로 정변을 이끌었지만, 브루터스는 결국 굴러가는 역사의 수레바퀴 밑에서 그가 자초한 혼란의 진흙탕에 짓눌려 버리고 마는 것이다.

극이 진행됨에 따라 우리는 브루터스가 갖는 인간적 위상이 차츰 하락의 과정을 밟는 것을 감지하게 된다. 그가 처음 캐씨어스가 쳐 놓은 그물에 걸려들 때, 그는 자신이 로마 공화정의 수호자여야 한다는 사명감으로 '구국의 결단'에 이른다. 그리고 더할 수 없는 인간적 유대를 맺어 온 씨저를 살해하는 데 구심점이 되는 역할을 한다. 그러나 브루터스의 영광은 3막 2장에서 로마의 평민들에게 씨저 살해의 명분을 짧은 연설에 담아 설파하고 난 후, 그의 연설의 요지마저 파악하지 못하는 우매한 군중들이 터뜨리는 환호 속에 묻히고 만다. 그 다음에 브루터스에게 닥치는 것은, 듣는 이의 가슴을 울리는 일장연설 하나로 로마 군중의 마음을 완전히 장악한 안토니와 새로이 등장한 차가운 마키아벨리언 옥테이비어스가 이끄는 연합군에게 쫓기며 승산 없는 전투에 임하여야 하는 상황이다.

브루터스가 필리파이의 전투를 앞두고 군막에서 캐씨어스와 언쟁을 하는 장면(4막 3장)이 있다. 여기서 관객이 들어야 하는 두 사람 사이의 언쟁은, 한 나라의 운명을 걱정하여 정변을 일으켰던 지사들의 위상에 전혀 걸맞지 않는, 서로 말꼬리나 물고 늘어지는 품위 없는 티격태격의 차원을 넘어서지 못하는 것이다. 로마 공화정이라는 이념 하나를 위해, 번민에 번민을 거듭한 후, 모든 인정의 끈을 끊어 버리고 스스로에게 부여한 사명을 성취하려 하였던 브루터스가, 군자금 조달 문제로 캐씨어스와 언쟁을 벌이는 초라한 모습으로 전락한 것을, 관객은 이 언쟁을 들으며 가슴 아프게 절감한다.

한 이상주의자의 비극을 — 자신의 인간적 결함에 대한 자각을 결한 상태에서, 자아확신에 차, 기존질서를 파괴하는 일을 서슴지 않았던 한 절대론자가 자신에게는 파멸을, 그리고 그가 속한 사회에는 혼란을 불러온 비극을 — 그려 놓은 것이 이 작품이다. 브루터스는 그의 삶의 대단원에 임박해 자신의 삶이 함축하는 비극의 본질을 본 것 같다. 종자 스트라토에게 자신의 검을 잡고 있으라 명한 후, 그에 달려듦으로써 죽음을 끌안는 순간, 브루터스는 이렇게 말한다.

> 씨저, 이제 평온을 찾으시오.
> 나 그대를 죽일 때 이처럼 기꺼이 하지는 않았소.
>
> (5막 5장, 51~52행)

씨저를 죽일 때 썼던 바로 그 검에 달려들어 자신의 삶을 마감하는 순간, 브루터스는 알고 있다. 그 순간이 씨저의 '악령'이 거두는 마지막 승리의 순간이라는 것을. 브루터스가, "나 그대를 죽일 때 이처럼 기꺼이 하지는 않았소"("I kill'd not thee with half so good a will") 라고 고백할 때, 거기에는 자신과 인간적 유대를 가졌던 씨저를 척살했던 자신의 행위에 대한 회한과 자책이 농축되어 있다. '아나그노리시스'(*Anagnorisis*)의 순간인 것이다.

브루터스의 죽음의 순간이 갖는 '숭엄성'에 압도되어, 캐씨어스의 죽음을 가볍게 보아서는 안 된다. 다시 말해, 브루터스와 캐씨어스 두 사람을 평가할 때, 우리는 한 사람은 '선'을 추구하였던 의로운 사나이, 다른 하나는 개인적 시새움 때문에 자신보다 우월한 자를 제거하려는 욕망에만 사로잡혔던 비열한 인간으로만 보아서는 안 된다는 말이다. 셰익스피어가 의도했던 것은, 캐씨어스의 인간적 비열함을 배경으로 하여 브루터스의 고매한 인격을 부각시키려 했다기보다는, 고매한 브루터스가 사사로운 감정 때문에 씨저를 살해하려 했던 캐씨어스와 크게 다를 바가 없었다는 것을 그네들의 행적을 통해 보여줌으로써, 브루터스의 행위의 도덕적 우월성에 의문을 갖도록 함에 있지 않았을까 생각해 볼 여지를 마련해 준다.

현재의 씨저를 보고 앞으로 그가 어떻게 변모할 수 있을 것인지 예상하고 그를 처단한 브루터스가, 어째서 캐씨어스라는 인간의 본질을 파악하지 못하고 그가 획책한 모의에 끌려 들어간 것일까? 극 초두에서 씨저가 캐씨어스의 인성에 관해 그가 내린 진단을 안토니에게 들려주는 부분이 있다.

> 허나 이 씨저마저도 두려움을 느껴야 한다면,
> 저 깡마른 캐씨어스야말로 내가 제일 먼저
> 피해야 될 자야. 서책을 많이 읽고,
> 관찰력도 예리하지. 그리고 인간 행동거지를
> 꿰뚫어 본단 말야. 안토니어스, 자넨 연극을
> 좋아하지만, 저자는 안 그래. 음악도 안 듣고—
> 웃는 얼굴 보인 적 없고, 미소라도 띨라치면 그건
> 스스로에 대한 자조의 미소요, 그 무엇엔가에 대해
> 미소 지을 마음 내키게 된 자신에 대한 조소일 뿐.
> 저런 자들은 자신보다 우월한 사람을 보면,
> 결코 마음이 편할 수가 없는 법이야.
> 그래서 저런 자들이 위험하다는 거야.
>
> (1막 2장, 196~207행)

캐씨어스를 보는 씨저의 눈은 예리하고 정확하다. 그런데, 현재 씨저가 보이는 모습에 근거하여 그가 어떤 인물로 변모할지 모른다는 가정하에 그를 없애버리기로 결정하는 브루터스가, 어째서 자신을 씨저 암살 모의에 끌어들이려 하는 캐씨어스의 실체를 제대로 파악하지 못한 것일까? 그 이유는, 바로 브루터스의 내면에 이미 싹트고 있었지만 아직 구체화되지 않았던 씨저 제거에 대한 상념을, 캐씨어스가 일깨웠기 때문이다. 소리 낼 준비가 되어 있는 악기의 줄을 캐씨어스가 퉁기기만 했을 뿐이다. 그렇기 때문에, 브루터스 자신이 가졌던 로마 공화정이라는 대의에 대한 집념을 캐씨어스가 교묘하게 이용하여, 브루터스를 돌이킬 수 없는 과오로 유인하여 로마를 파국으로 이끌었고, 따라서 브루터스는 선의의 희생자였다는 해석은 타당성을 잃는다. 캐씨어스 자신이 가지고 있는 씨저 제거의 욕구를 브루터스 또한 가지고 있음을 감지하였기 때문에, 캐씨어스는 브루터스에게 접근했던 것이기 때문이다.

캐씨어스를 향한 관객의 눈길이 행여 부정적인 쪽으로만 기우는 것을 막기 위해, 셰익스피어는 그의 죽음의 장면을 위엄 있는 것으로 만들고 있다. 안토니와의 전투에 패한 후, 캐씨어스는 부하 티티니어스를 브루터스 진영으로 보내 그쪽 상황은 어떤지 알아보고 오라 명한다. 티티니어스가 브루터스 진영에 도착하자, 승전을 거둔 병사들이 그를 맞아 둘러싸는 광경을, 티티니어스가 적군에게 생포되는 것으로 잘못 알고 그렇게 보고하는 핀다러스의 말을 듣고, 캐씨어스는 자결할 마음을 먹는다. 부하 장수 티티니어스가 맞닥뜨린 생포라는 치욕의 순간에 속수무책인 자신의 처지를 비관하고 '로마인의 죽음'을 택하는 것이다. 곧이어 승전의 소식을 전하려 돌아온 티티니어스는 주군 캐씨어스를 따라, 그 또한 자결함으로써 '로마인의 죽음'의 순간을 무대 위에 다시 보여준다.

〈햄릿〉의 마지막 장면에서, 독검에 찔려 죽어가는 햄릿이 벗 호레이쇼에게 부탁한다. 자신이 죽은 다음, 그의 이야기를 사람들에게 상세히 전해 달라고. 그때 호레이쇼는 남아있는 독배를 마심으로써 자기도 햄릿의 뒤를 따르겠다고 하며, 이렇게 말한다.

저는 덴마크인보다는 고대 로마인이 되렵니다.
(I am more an antique Roman than a Dane)

(〈햄릿〉, 5막 2장, 352행)

호레이쇼가 하는 이 말이 의미하는 바를 캐씨어스와 티티니어스는 행동으로 보여준다. 자신이 '로마인의 죽음'을 택했고, 또 그를 따라 '로마인의 죽음'을 택하는 수하 장수가 있었던 캐씨어스가 결코 비열한 인간일 수만은 없다는 사실을 셰익스피어는 확실히 보여준다. 캐씨어스의 시신 앞에서 티티니어스가 하는 말을 다시 들어보자.

캐씨어스 장군, 어찌해서 나를 보내셨소이까?
나 그대의 벗들을 만났고, 그들은 내 이마에
승리의 월계관을 씌워 주면서, 그걸 장군께 전해 달라
부탁하였거늘. 저들의 함성을 듣지 못하였소이까?
아, 장군께서는 만사를 오판하셨소이다.
하지만, 잠깐, 이 화관을 장군 이마에 씌워 드리리다.
장군의 벗 브루터스께서 장군께 이걸 전하라 하셨고,
그 분부대로 하오이다. 브루터스여, 이리 다가오시어,
제가 케이어스 캐씨어스를 어찌 생각했는지 보시오.
신들이여, 용서하소서. 이것이 로마인 해야 할 도리요.
자, 캐씨어스 장군의 칼 — 티티니어스의 품에 들거라. 〔**자결한다**〕

(5막 3장, 80~90행)

부하 티티니어스로 하여금 이만큼의 충성심을 갖도록 한 캐씨어스가 결코 비열한 인간이었을 리 없다. 실로, 캐씨어스의 비극은, 브루터스 앞에서 자신이 도덕적인 면에서 동등한 위치에 있지 않다는 사실을 알기에, 중차대한 결정을 내려야 하는 순간이 올 때마다, 매양 자신의 판단이 옳다는 것을 알면서도 브루터스의 결정에 따를 수밖에 없었다는 데에 있기도 하다.

누구보다 캐씨어스라는 한 인간의 본질을 잘 알게 되었고, 그것이 자신의 내면에 존재하는 것과 크게 다르지 않다는 것을 뼈저리게 깨달은 브루터스는, 캐씨어스의 시신 앞에서 이렇게 말한다.

> 이 같은 로마인 두 명 아직도 살았던가?
> 로마인의 마지막 징표였던 그대 — 잘 가시오.
> 그대에 버금가는 로마인 다시는 태어나지 않을 거요.
> 전우들이여, 그대들이 내게서 보는 것보다 훨씬 많은
> 눈물을 나는 이 돌아간 분을 위해 흘려야 한다오.
> 그럴 때가 있을 거야, 캐씨어스, 그럴 때가 말이야.
>
> (5막 3장, 98~103행)

캐씨어스가 자신을 씨저 살해 모의에 가담하도록 유인했고, 그 동기가 캐씨어스 자신이 생각기에도 떳떳하지 않았기 때문에, '로마 공화정'의 정신을 신앙처럼 간직하는 그로 하여금 대의를 위해서라는 명분으로 씨저 살해의 모의에 중심이 되도록 만들었다는 사실을 브루터스는 알고 있었다. 그리고, 시간이 흐름에 따라, 자신은 '대의'를 위해 '사'(私)를 가차 없이 희생시키는 존재라는 자아확신이 한갓 미몽이었을 뿐만 아니라, 그 또한 캐씨어스와 행동을 함께하여왔다는 사실 앞에서, 자신이 캐씨어스와 크게 다를 바 없다는 것을 깨달았기에, 브루터스는 위와 같은 고백을 하는 것이다. 캐씨어스가 브루터스를 모의에 가담하도록 유인한 것은 겉으로 드러난 '사실'일 뿐이다. 캐씨어스가 브루터스에게 접근할 생각을 갖게 된 것은, 캐씨어스가 이미 브루터스에게서 씨저 제거에 관한 상념을 읽어냈기 때문이라는 것을, 브루터스는 알고 있다.

극의 마지막 장면에서, 새로운 질서 — 결국은 안토니와 옥테이비어스

의 대결이라는 새로운 정치적 소용돌이로 가는 과정에 잠정적으로 찾아드는 질서 — 가 브루터스와 캐씨어스의 패배와 죽음으로 인해 확보되는 순간, 브루터스 최대의 적수였던 안토니는 다음과 같은 대사로 브루터스의 삶과 죽음을 정리해 준다.

> 이분은 저들 중에서 가장 고매한 로마인이었소.
> 시해 모의자들 모두가 — 이분만을 제외하고 —
> 위대한 씨저를 시기하였기에 그 짓을 하였소.
> 오직 이분만은, 사심 없는 명예로운 명분과
> 모두를 위한 공공의 선 때문에, 저들의 일원이 된 거요.
> 이분의 생애는 고결한 것이었고, 인성의 기질들이
> 이분 안에 조화를 이루었기에, 대자연마저도 일어서서,
> 온 세상을 향해 말하리오: "이 사람 사나이였다!"라고 —
>
> (5막 5장, 68～75행)

비극 한 편이 끝날 때, 비극의 주인공에 대한 최종적 평가를 우리는 흔히 극 속에서 그와 적대 관계를 가져온 극중 인물의 입을 통해 듣는 경우가 많다. 브루터스라는 인간에 대한 총체적 평가를 극의 말미에 들려주는 안토니는 인성을 통찰하는 눈과 '마키아벨리언'적인 기민함을 가진 인물로 그려지지만, 옥테이비어스와 같은 치밀한 계산과 과묵함 속에 담겨 있는 냉혹함의 소유자는 아니다. 안토니는 나름대로 가슴이 뜨거운 사나이이다. 그렇기 때문에 안토니가 브루터스의 죽음 앞에서 들려주는 마지막 대사는 셰익스피어 자신이 브루터스에 대하여 하고 싶은 말이라고 받아들여도 무방할 것이다.

2011년 7월

이 성 일